小說新賞

謀定天下

三國演義

原著　明·羅貫中
編寫　宇文正

三民書局

主編的話

在經典故事中成長

我常常思索著，我是怎麼成了一個說故事的人？

有一段我已經忘卻的記憶，那是一個沒有什麼像樣娛樂的年代，大人們忙著養家活口或整理家務，大部分的孩子都是自己尋找樂趣，妹妹告訴我，她們是在我說的故事中度過童年的。我常一手牽著小妹，一手牽著大妹，走到家附近那廢棄的老宅前，老宅大而陰森，厚重而斑駁的木門前有一座石階，連接木門和石階的磚牆都已傾頹，只有那座石階安好，作為一個講臺恰到好處。妹妹席地而坐，我站上石階，像天方夜譚般開始一千零一夜的故事。

記憶中的小時候，我是個木訥寡言的人，所以當小妹說起這段過去時，我露出不可思議的神情，懷疑她說的是另一個人的事。雖然如此，我卻記得我是如何開始寫故事的。那是專三的暑假，對所有要上大學的人來說，這個暑假是很特別的假期，彷彿過了這個暑假就從青少年走入成年。放暑假的第一天，我從北部帶著紅樓夢返家，想說漫長的暑假適合讀平日零碎時間不能完整閱讀的大部頭。當我花了兩個星期沒日沒夜看完紅樓夢，還沒從寶黛沒有快樂結局的悲悽愛情氛圍中脫身，突然萌生說故事的衝動，便在酷暑時節，窩在通鋪式的臥房，以摺疊成山的棉被權充書桌，幾個下午就完成我的第一篇短篇小說、我說的第一個故事。寫完時全身汗水淋漓，用鉛筆寫的草稿也被手汗沾得處處字跡模糊，不過我不擔心，所有的文字都在我腦海中，無需辨認。之後我又花了幾天把草稿謄在稿紙上，投寄到台灣日報副刊，當那個訴說青春少女和遲暮老人忘年情誼的小說變成鉛字出現在報紙副刊，我知道我喜歡說故事、可以說故事，於是寫了一篇又一篇的小說，直到今天。

原來是經典小說帶領我走入說故事的行列，這段記憶我始終記

得，也很希望在童年時代還耐不下性子閱讀原典的孩子們，能和我一樣在經典故事中成長。

　　雖然市場上重新編寫經典小說的作品很多，但對我這個有兩個少年階段孩子的母親來說，卻總覺得找不到適合的版本，不是太簡單，就是太難，要不然就是刪節得不好，文字不夠精確等等，我們看到了這當中的成長空間，於是計畫進行一套經典小說的改寫版本。

　　首先我們先確定了方向，保留較多文學性，讓這套書適合大孩子閱讀；但也因為如此，讓我們在邀請撰稿者方面碰到不少困難。幸好有宇文正、石德華、許榮哲等作家朋友們願意加入，加上三民書局之前「世紀人物 100」的傳記書系列，也出現了不少有文采、有功力的寫作者，讓這套書可以順利進行。對於文字創作者來說，創意是珍貴的資產，但改寫工作就像化妝師，被要求照著一張照片化妝，不能一模一樣，又不能不一樣，一些作者告訴我，他們在撰寫這系列的書時，常常因為想寫的和原著不太一樣而卡住，三民書局的編輯也常常要幫著作者把寫作節奏拉回來，好幾本書稿都是初稿完成後，又大幅刪修，甚至全部重寫。辛苦的代價便是呈現在讀者面前的這套書——文字流暢、故事生動，既有原典的精華，又有作者的創意調拌，加上全彩印刷、配圖精美。這是我為我的孩子選擇的一套書，作為他們告別青春期的最佳禮物，希望能和天下的學子、家長們分享，也期待這套「大部頭的套書」，經過作家們巧妙的改寫、賦予新生命後，保留了經典的精神，又比文言白話交雜的原典更加容易親近，讓喜歡聽故事、讀故事的孩子，長大後也能說故事、寫故事，於是中國經典文學的精華就能這麼一代一代傳誦下去。

林黛嫚

最初，是因為孩子讀三國，而我雖然高中時讀，大學又讀過一遍，他問起的事，我泰半答不上來；於是已經夠忙亂的生活裡，我硬是在睡前挑燈把三國演義重讀一遍。這一讀，讀出興致來，索性到書店搜索相關書籍，從三國的戰略年代記、地理圖誌，到未寫入書中的相關傳說等都找來看，與家人討論事情，言必三國。那陣子在部落格、報上寫了些一家子瘋三國的盛況，於是，不論走到哪，好像所有人都興致盎然跟我大談三國，而且各個熟稔非常，這才發現原來三國迷為數之眾之廣，遠遠超乎我的想像！

兩三年後，總算熱頭過了，車裡音響恢復成音樂 CD，不再是侯文詠、蔡康永的歡樂三國志，以為耳根清淨了，卻因為一篇網路上流傳的文章，我心中再度吹皺三國春水，那文章說──趙雲是女扮男裝的！

趙雲是女扮男裝？那文章說「西元 1999 年 3 月，大陸中央政府的一支考古隊伍將劉備墓出土，發現了一大批東漢末年的文物。當中最叫人咋舌的，是發現了漢先主劉備的手稿，揭開了二千年來一個不為人知的祕密：三國名將趙雲，竟然是女扮男裝的，而且與劉備有著不只是君臣的關係！手稿中劉備多次提到與諸葛亮討論趙雲的名分問題。可惜因為內部政策關係，官方只公開了部分的手稿內容，且不多提到關鍵內容」。然後那篇文章的作者自己從三國演義的一些情節做了推論，認為趙雲的性別疑問的確有跡可尋。

那手稿未公開，網路傳說自然只是瞎猜，但其實我倒寧願趙雲真是女的，想想那會增加多少想像空間！如果趙雲是女的，重新編寫〈趙子龍單騎救主〉、〈趙雲截江奪阿斗〉這些章節可以增加多少內心戲、變得多戲劇性！

　　不久，當河南安陽傳出發現曹操墓的消息，大陸其他宣稱也有曹操墓的地方竟然大不服氣，曹操老家安徽亳州甚至有人高喊：「曹操墓誰沒有啊！」我看著新聞忍不住笑，三國人物離現在已經將近兩千年，一有新資料出土，竟仍然如此牽動人心！三國故事比中國任何一個朝代都深入人心，想來不是因為有那麼多人喜歡讀史，而是因為這本讓人百讀不厭的三國演義吧！

　　從前人說「少不讀水滸，老不讀三國」，是說年少血氣方剛，看了水滸恐怕更加衝動；而三國人物深諳世故，老而戒之在得，怕看了三國要更權謀了。然而三國之趣何止在權謀，那些快意恩仇、讓人熱血沸騰的情節，其實充滿了三國特有的「武幽默」。

　　比如智商第一的諸葛亮吧，他每每打仗贏了不打緊，更要指揮軍士大合唱：騙了曹操十五、六萬枝箭，還要船上軍士齊聲吶喊：「謝丞相箭！」讓劉備娶得孫夫人，成功落跑上岸了不算，還要軍士齊聲大叫：「周郎妙計安天下，賠了夫人又折兵！」讀戰爭事能讓人讀得撫掌大笑，管他歷史事件真假！

　　三國裡的靈魂人物，自然是諸葛亮。他的智慧、勇敢、忠誠，知其不可為而鞠躬盡瘁的人生態度，一生追尋理想的浪漫人格在在使後人景仰，但我最喜歡羅貫中寫他的地方，不是那些「多智而近妖」（魯迅語）的情節，這本書不是正史，許多誇張情節本來就不能當真，我最喜愛的是劉備死後，曹魏五路大軍趁勢來犯這一段。那時蜀國眾官與後主驚慌失措，諸葛亮卻在相府推病不出，他「獨倚竹杖，在小池邊觀魚」，強大壓力之下，靜靜的看魚沉思，回答後主時也是不慍不火。我想著自己的工作壓力，明白了什麼是「舉重若輕」。那不是權謀，是修養。我也終於懂得這樣一個話說歷史

故事之書，為什麼竟能深化為整個民族的記憶基因了！

　　看來「老不讀三國」這話是不對的，我認為從小學生到老人，都能從三國裡讀到歡樂、讀到智慧、讀到修養。於是當三民書局邀我為孩子寫一部三國演義，我一口就答應了。

　　動筆之後，才發現工程遠比想像的浩大，人物眾多、盤根錯節，足足一百二十回的章回小說必須濃縮成十萬字以下的白話版——原來有時減法比加法還要難！我不希望為了照顧所有章節，而把此書變成了一本枯燥的故事大綱，於是我以事件為主軸，選擇我認為三國裡最精彩的事件，把它們重新演繹鋪陳。但我認為，讀了此書後也愛上三國的小讀者們，一定要找時間去讀原典，就讓這本書作為一個甘甜的藥引子吧！

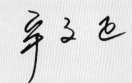

三國演義

目 次

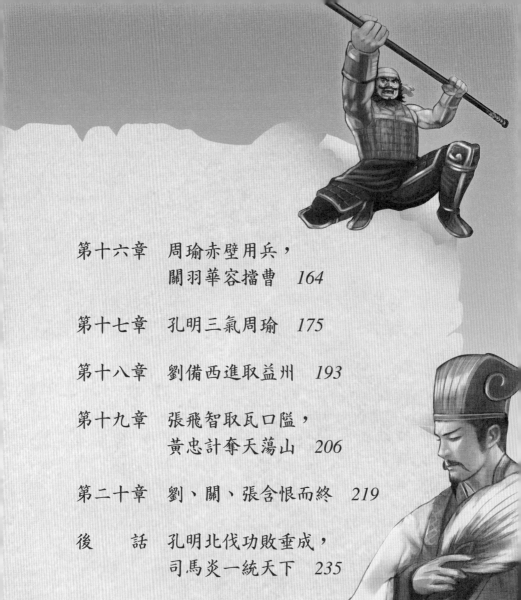

導讀　三分天下的背景

　　這是一個人才與英雄狂飆的時代，也是一個智慧、勇敢與野心交戰的時代。

　　東漢末年，皇室腐敗、宦官弄權，加上災異頻仍，致使民不聊生，怨聲載道。靈帝光和七年（西元 184 年），鉅鹿人張角率領「太平道」的信徒起兵叛亂，他們以頭部包裹黃巾作為標誌，所以被稱為「黃巾賊」。黃巾賊聲勢浩大，轉瞬間就集結了百萬之眾，攻城掠地，官軍望風潰散，不到一個月，就已逼近首都洛陽。這時許多豪傑之士在朝廷的號召下加入討賊的隊伍，三國故事中最重要的幾個人物：如曹操、劉備、關羽、張飛等人皆在此時響應朝廷徵召，展開爭戰的一生。

　　在皇室方面，東漢從第四位皇帝（和帝，登基時僅九歲，在位只有十七年便過世）起，都是幼年登基，政權不是落入母族、妻族長輩等「外戚」手中，便是把持在皇帝身邊的「宦官」手裡，形成長期外戚、宦官奪權的局面。中平六年（西元 189 年），寵幸宦官的靈帝駕崩，時年僅十三歲的少帝即位，由母親何太后和母舅大將軍何進攝政，加劇了外戚與宦官兩大集團的衝突。一片亂局之中，何進不顧朝臣反對，徵召涼州軍閥董卓入京圍剿宦官，沒想到計謀外洩，何進被宦官張讓所殺，董卓則趁亂兼併何進的人馬，先是挾持少帝，緊接著又廢黜少帝，另立陳留王為獻帝。董卓於京城倒行逆施，掀起腥風血雨，於是各路諸侯在曹操的號召下來到洛陽，擁袁紹為盟主，討伐董卓，揭開了三國演義的序幕。

中國在秦始皇併滅六國，結束群雄割據，建立中國第一個中央集權政體，漢代延續大一統局面四百年，至三國鼎立，再度分裂，直到司馬炎統一天下，誠如這部小說開場的第一句話：「天下大勢，分久必合，合久必分。」動亂終要走向和平，而和平又是那麼脆弱，隨時可能被人們的野心、私慾摧毀，三國演義開宗明義就點明了中心思想。

而在這樣的一場亂世風雲裡，眾多出場人物，各有理念，各具情性，有忠孝、有奸巧，有誠信、有不義，有智謀、有愚昧，有果決、有猶豫，有剛毅、有軟弱……。這所有人物的互動，戰役的布局巧思，事情的變化曲折，其中表現的人性、人情、義理，乃至於不可抗拒的天意，令人目不暇給，造就了中國歷史上最深入人心的一段「三國」故事！

三國演義的歷史價值

中國可說是世界上歷史紀錄最完備的國家，自夏朝開始便已設立「史官」，如呂氏春秋先識篇便有夏桀荒淫無道，太史令終古勸諫無效的記載。就因為重視歷史、留下完整史料，也因此是歷史故事、小說最豐富的國家。如此風雲際會的三國時代，自然也有一部正式史書三國志，但人們熟悉的「三國故事」卻主要來自三國演義或京劇、地方戲曲甚至民間傳說，與正史不免有些出入。這幾年裡中國大陸也興起一股三國熱，一些名嘴品評三國人物，說法十分精彩，但許多人探討三國人物時是把三國志

與三國演義混在一起，結果不是扭曲了歷史，便是貶抑了三國演義裡的文學理想性。我認為，這兩本書是一定要分開來看的。

三國演義不是正史，其中有許多虛構的成分，與史實有諸多出入，那麼應該怎麼樣看待三國演義的歷史價值呢？

事實上三國演義不是羅貫中一個人的創作，自晉朝開始，三國的故事便在民間被傳誦著，但直到宋朝才開始有話本的出現。到了明朝，羅貫中在三國志歷史素材的基礎上，加上民間長期淘洗、沉澱的材料，終於編寫成了三國演義。

三國志與三國演義在精神上最大的區別是：三國志以曹魏為正統；三國演義則尊劉貶曹，認為蜀漢才是接續漢朝的正統。由於晉朝是從曹魏脫胎而出，在晉代完成的三國志以魏為三國的正統，是理所當然的事。我們背誦朝代時總說「魏晉南北朝」，便是以曹魏為歷史的正統。但顯然民間野史不以為然，這說明了什麼呢？我想對於歷史，民眾的心中另有一把尺，那不是官方能夠約定，更不是學者一槌能夠定音。民間喜歡蜀漢，是一種把品格、人性凌駕於權勢、能力之上，不以成敗論英雄的觀點，三國演義表達的正是這種屬於民間的歷史觀。民間的歷史觀，往往比正史更符合人們心中的正義，這種集體表現、不同於官方說法的價值觀，不就是最古老的民意基礎嗎？

此外，這部演義通過驚心動魄的政治鬥爭、生動的人性刻劃、波瀾壯闊的戰爭場面，讓我們看到這段動盪歷史中的政治、軍事生活，以及當時代人心的思想、價值、理念，其中雖有誇飾，但較之嚴肅正史，更傳神的重現了那一個巨變的時代。

三國演義的文學地位

　　無論三國演義的真實性有幾成，在文學史上，它絕對足以代表中國歷史小說的最高成就。明朝晚期，中國的通俗小說經過文人、批評家經典化的歷程，將三國演義、水滸傳、西遊記和金瓶梅譽為「四大奇書」。傳說曾評注六才子書的清初才子金聖歎在為毛宗崗修訂的三國志通俗演義（即三國演義）作序時，更驚此書為「天下第一奇書」。

　　胡適之推崇三國演義是「一部絕好的通俗歷史，在幾千年的通俗教育上，沒有一部比得上他的魔力。五百年來，無數的失學國民從這本書裡得著了無數的常識與智慧，從這部書裡學會了看書寫信作文的技能，從這部書裡學得了做人與應世的本領」。

　　三國演義可說是中國長篇歷史章回小說的開山之作，也許由於經過五百年民間文人的錘鍊，到羅貫中之手集大成時，見到的是史書上所沒有的生動文字和細膩鋪排的情節。

　　關於三國演義的文學價值，這裡僅略敘幾個重點：第一，它寫活了三國時代的風雲人物。曹操、劉備、關羽、張飛、趙雲、孔明、周瑜、魯肅等人物個性鮮明，形象深入人心，早已成為中國文化裡的共通符號，甚至連日本、韓國都受到這本書的啟發與影響。

　　其次，它的敘事手法高明。極其複雜的事件變化，在羅貫中筆下，卻遊刃有餘，情節緊密，節奏流暢，又能前後呼應，環環相扣，且筆法富於變化，不斷翻出新的高潮。

第三，它的戰爭描述引人入勝。那樣大大小小的戰役，或波濤詭譎，或機關算盡，或驚心動魄，這些爾虞我詐的戰役有時大快人心，有時卻又令人慨嘆天運。

　　三國演義中既有繁複的兵法觀念（有人甚至就當它是一部活的兵書），更有中國的儒道哲思，使得它不只是一部好看的歷史故事，更是開啟讀者對人性、生命、友誼、忠義等價值的思索，甚至是對歷史有更進一步的想法和認識的一本好書。

寫書的人

宇文正

　　本名鄭瑜雯，東海大學中文系畢業，美國南加大 (USC) 東亞語言與文化研究所碩士。曾經擔任風尚雜誌主編、中國時報文化版記者、漢光文化編輯部主任、主持電臺「民族樂風」節目，現任聯合報副刊組主任。著有短篇小說集貓的年代、台北下雪了（遠流小說館）、幽室裡的愛情（九歌）；散文集這是誰家的孩子（經典傳訊）、顛倒夢想、我將如何記憶你（九歌）、丁香一樣的顏色（聯合文學）；長篇小說在月光下飛翔（大地）、台北卡農（聯合文學）；傳記永遠的童話：琦君傳（三民）；童書愛的發條：第一次帶媽媽上街、小靜想飛（三民）……。部落格網址：http://blog.udn.com/yuwencheng。

三國演義

第一章　討伐董卓，各路英雄出場

　　二月春分剛過，天氣乍暖，正要甦醒活絡過來的洛陽城，卻陷入一片肅殺的氣氛。各方軍馬來到洛陽城東氾水關＊外，營寨接連兩百餘里。他們是為了討伐董卓而來。

　　西涼刺史董卓趁著宮廷內亂，挾持皇室，廢了漢少帝，另外輔佐陳留王登基，這位陳留王也就是漢朝的最後一位皇帝──漢獻帝，當時年僅九歲；而漢少帝被廢不久便遭到毒殺。董卓經常入宮姦淫宮女，睡在皇帝的龍床之上；白天帶兵出城，來到村民的迎神賽會，命令軍士把集會裡所有男人殺光，把女人及財物奪走裝在車上。一千多顆砍下的頭顱懸掛在車下，就這樣一長列血腥的車陣連綿開進洛陽，說是殺賊大勝而回，還在城下焚燒那些頭顱，把奪來的婦女、財物分給士兵。

　　董卓殘暴的行徑引起公憤，各方討伐之聲紛至沓來，騎都尉曹操＊寫了一篇檄文＊，痛批董卓弒君不仁的種種暴行，號召各方諸侯進兵討賊。

　　曹操的檄文召來了各方好漢，也拉開了各路英雄

逐鹿中原的序幕。

　　響應起兵的諸侯，包括<u>南陽</u>太守<u>袁術</u>、<u>北海</u>*太守<u>孔融</u>*、<u>徐州</u>*刺史<u>陶謙</u>、<u>西涼</u>太守<u>馬騰</u>、<u>北平</u>太守<u>公孫瓚</u>、<u>長沙</u>太守<u>孫堅</u>、<u>渤海</u>太守<u>袁紹</u>等等十七鎮，各路一、二萬至三萬人馬不等。其中<u>袁紹</u>，字本初，出身<u>漢</u>朝名相後裔，是最具實力的名門之後，<u>曹操</u>推舉他為盟主，立刻得到各方擁戴。第二天，<u>袁紹</u>登壇焚香，與眾人歃血為盟，而後分派他同父異母的弟弟<u>袁術</u>掌管糧草，派<u>孫堅</u>為前鋒部隊，盟軍誓討<u>董卓</u>，慷慨激昂。

　　<u>董卓</u>自從挾持皇帝、專擅大權之後，每天過著酒池肉林的生活。這一天忽然驚傳<u>孫堅</u>人馬殺向<u>汜水關</u>，

＊<u>汜水關</u>：又名<u>氾水關</u>。

＊<u>曹操</u>：<u>漢</u>末名臣，也是文豪，後世因為他的政治野心，忘了他的文名。其實他一生創作了許多優秀的作品，古詩短歌行尤其膾炙人口。而他年輕時代也曾是個熱血青年，甚至單槍匹馬進宮謀刺<u>董卓</u>，可惜未能成功。

＊檄文：古代軍中文書的通稱，用以聲討敵人、宣示罪狀、徵召等。

＊<u>北海</u>：位在<u>渤海</u>以南，<u>青州</u>、<u>徐州</u>交界。

＊<u>孔融</u>：即後世熟知「<u>孔融</u>讓梨」以及大中大夫<u>陳煒</u>口中「小時了了，大未必佳」的那位天才兒童。

＊<u>徐州</u>：在今<u>江蘇</u>西北部。

董卓大驚失色，召來宮中將領商議對策。

這時，慌亂的眾人之中走出來一個人物，他生得高大威風，手拿方天畫戟，他是大名鼎鼎的呂布＊。呂布站出來，高聲說關外那些諸侯他根本不看在眼裡！不過他話還沒說完，背後又有一人朗聲說道：「割雞焉用牛刀！」這人是個虎背狼腰、身長九尺的關西大漢，叫做華雄。

華雄帶了五萬馬步軍連夜來到氾水關前迎敵，一出手便連續砍下好幾員大將的首級！

聲勢浩大、討伐董卓的盟軍萬沒想到華雄這麼勇猛！盟主袁紹召集眾諸侯謀求對策。

諸侯們默不作聲，焦急的袁紹環視眾人，卻看到公孫瓚的背後站著威風凜凜的三個人，正在那裡冷笑呢！袁紹好奇的向身邊的人問道：「公孫太守背後是何人？」公孫瓚忙向袁紹介紹他幼時的同窗，平原縣令劉備。一旁的曹操對劉備有些印象，便問：「可是那破黃巾賊＊的劉玄德？」公孫瓚點點頭，且把劉備戰黃巾賊的功績以及他身為中山靖王劉勝之後、漢景帝玄孫的出身說明一番。

這時盟軍探子又急急來報，說那華雄又來挑釁，

三國演義

正在寨前辱罵叫戰呢！袁紹再度環視眾人：「誰敢去戰？」

袁術旗下的大將俞涉立刻自告奮勇出馬，然而沒兩回合，就被華雄給斬了！眾人大驚，又派太守韓馥的大將潘鳳應戰。潘鳳手提大斧上馬奔去，不多時，飛馬來報：「潘鳳又被華雄斬了！」

沒想到華雄這麼善戰！袁紹嘆口氣：「可惜我軍上將顏良、文醜*沒來，只要他們有一個在這裡，還怕什麼華雄！」

這話可惹惱了當中一位大英雄！只聽見階下渾厚嗓音一聲大喝：「小將願往，斬華雄頭獻於帳下！」眾人目光齊齊朝向這口出狂言的人，只見此人身長九尺，鬚長二尺，紅臉、炯炯有神的丹鳳眼、濃濃的臥蠶眉。

*呂布：字奉先，外表氣宇軒昂，卻是眾所周知見利忘義之人。他曾經拜反對董卓擅權的荊州刺史丁原為義父，後來董卓差人送了他一匹赤兔馬和黃金一千兩、明珠數十顆、玉帶一條，馬上買通他殺了丁原，引軍歸降董卓，並拜董卓為義父，因此被當時的人們嘲笑為「三姓家奴」。

*黃巾賊：起於東漢末年靈帝在位時，那時宦官弄權，朝綱敗壞；建寧四年發生洛陽大地震、中國東部沿海大海嘯，種種天災異象四處並起，在今日河北省的鉅鹿郡有張角、張寶、張梁三兄弟，他們號稱入山採藥遇到南華老仙授予天書三卷，習練後能夠呼風喚雨。三兄弟號召各方徒眾，約定以黃旗為標誌，起事造反，四處打家劫舍。那時天災人禍，民不聊生，四方百姓裹上黃巾跟隨者達四、五十萬人。當年曹操以及劉備、關羽、張飛等便是討伐黃巾賊有功而起家。

*顏良、文醜：均為袁紹部下，以勇猛聞名。

袁紹被那聲音震懾了，「這又是誰？」公孫瓚說：「這是劉玄德的義弟關羽，關雲長。」

「他做什麼的？」

「跟隨劉玄德，是馬弓手＊。」

袁紹一家人最重視出身，聽見關羽不過是個馬弓手，袁術大喝一聲：「可是瞧不起眾諸侯底下沒有大將？」

曹操趕緊制止，說：「這人既然敢說，一定有些本事，不如就讓他出馬，如果勝不了再罰他也不遲！」袁術冷笑：「派一個馬弓手出去，豈不讓華雄恥笑！」

曹操看了看關羽，說：「這人儀表不俗，華雄怎麼知道他只是個馬弓手？」

關羽淡淡說道：「如不勝，請斬某＊頭。」似乎不把生死看在眼裡。曹操對關羽的豪氣頗為心折，命人溫了酒來，請關羽飲了酒再上馬。只聽關羽說著：「酒先放著，我殺了華雄便回來喝！」話未說完，已經提刀走出營帳，飛身上馬奔去。

不多時，關外傳來驚天動地的鼓聲、吶喊聲，震得營帳裡的諸侯們心慌。袁紹才準備派人打聽戰況，已傳來達達馬蹄聲；緊接著，關羽提著華雄的頭，向

地上一擲，拿起酒杯仰頭就飲，那杯中的酒還是熱的！

　　大將華雄三兩下就敗給關羽，震驚了董卓陣營，接下來派出的是呂布。那時有句話說：「人中呂布，馬中赤兔。」呂布英勇，眾所周知。呂布一路殺向盟軍寨前，先後幾位武將出迎，不是被刺於馬下就是被砍斷手腕；公孫瓚親自上馬迎戰呂布，沒幾回合便落於下風，趕緊回馬而逃。呂布騎著他日行千里的赤兔馬追上來，眼看他手中的方天畫戟就要刺向公孫瓚後心，旁邊一聲驚天動地的吆喝：「三姓家奴別走！燕人張飛*在此！」

　　張飛看到二哥關羽殺華雄立了大功，也忍不住技癢，飛馬而來。呂布一見張飛，馬上丟下公孫瓚，與張飛對戰起來，連鬥五十回合不分勝負。關羽看了，也拍馬過來，舞起他的青龍偃月刀，夾攻呂布。戰了三十回合還是贏不了呂布，劉備也拿起他的雙股劍，騎上黃鬃馬奔來助戰。三位英雄大戰呂布，打得昏天

*馬弓手：漢代職等低微的武官。

*某：關羽慣以「某」字稱呼自己。

*張飛：字翼德，本來是個殺豬賣酒的人，有一身好武藝。長得豹頭虎鬚，聲若洪鐘，黃巾之亂時打算進城從軍，遇上了劉備、關羽，三人一見如故。張飛邀請兩人到他莊上的一個桃花盛開的園子，祭告天地，結為兄弟，誓言同心協力，報效國家，不求同年同月同日生，只願同年同月同日死。劉備是大哥，關羽居次，張飛是老三。

黑地，讓八路人馬都看呆了。呂布久戰不下，漸漸支撐不住，便故意往劉備臉上刺過來，趁著劉備急閃之時，倒拖他的方天畫戟飛馬往回奔。三位英雄一路追去，直趕到董卓陣營關下。呂布才入關，關上弓箭如雨般射下來，三人不得而入，這才回頭。

　　劉、關、張這一戰，雖未除掉呂布，卻是一戰成名，眾諸侯回到寨中為劉備等人慶賀，現在大家都知道劉、關、張桃園三傑的名號了。

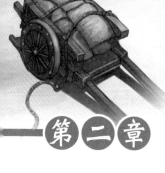

第二章 滅董卓，王允設美人計

　　連呂布都敗下陣來，董卓不禁坐立難安，帶兵回到洛陽後，眼看兵士已沒有鬥志，董卓焦急的詢問諸臣該如何是好？那時里巷之間傳出童謠：「西頭一個漢，東頭一個漢，鹿走入長安，方可無斯難。」歌詞中暗示東都洛陽氣數已盡，謀臣李儒便建議乾脆遷都長安，才能恢復好氣象。但遷都是驚動百姓的大事，不少官員反對。董卓可不管驚不驚動百姓，他不但將反對的官員免職或斬首，把百姓驅趕拖押帶往長安，並且放火焚燒宗廟宮府、居民房屋，燒得火焰連天，整個洛陽城成為一片焦土；然後帶著好幾千車大肆搜刮來的金銀財寶、綢緞貨物，並挾持天子、后妃等，浩浩蕩蕩往長安而去。等到眾諸侯趕來時，整個洛陽城已經成為一片煙塵鋪地的廢墟空城。

　　董卓遷都長安之後，不改殘暴本性，對招安來降者不但不稍加安撫，甚至當眾把他們砍斷手足、挖出眼珠，或是以大鍋烹煮，弄得哀號震天，百官無不顫慄，而董卓仍然飲酒談笑，彷彿什麼事都沒發生。有一回筵席間，呂布在董卓耳邊報告司空*張溫有意連

結<u>袁術</u>造反，<u>董卓</u>只是笑笑說道：「原來如此！」便讓<u>呂布</u>把<u>張溫</u>揪下堂去。百官還沒搞清楚狀況，侍從已經捧著一個紅盤回到席上，盤子裡裝的正是<u>張溫</u>的頭顱，眾人無不嚇得魂不附體。

　　<u>董卓</u>的行徑，百官敢怒不敢言。司徒*<u>王允</u>回到家中感到坐立難安。<u>王允</u>身為高官，卻眼睜睜看著<u>董卓</u>倒行逆施而束手無策，不但感到愧對國家百姓，且看到昔日同僚動輒得咎，貴為司空的<u>張溫</u>不明不白就慘死於百官面前，恐怕遲早自己的性命也將難保。<u>王允</u>正煩惱尋思，卻忽然聽見不遠處有人發出嘆息。<u>王允</u>循聲向牡丹亭畔走去，見到美麗的歌伎<u>貂蟬</u>，心中忽然有了主意。

　　<u>貂蟬</u>從小就被選入<u>王允</u>的府中學習歌舞，因為容貌、才藝出眾，<u>王允</u>把她當成親生女兒般疼愛。這段時間以來，看見<u>王允</u>每天長吁短嘆、眉頭深鎖，<u>貂蟬</u>只想報答<u>王允</u>的栽培養育之恩，無論司徒大人有什麼要求，都願意去做。<u>王允</u>望著<u>貂蟬</u>美麗絕倫的臉容，脫口而出：「沒想到我<u>大漢</u>天下，卻在妳的手中了！」說著把<u>貂蟬</u>迎至畫閣中，請她上座。<u>貂蟬</u>還一頭霧水

＊司空：古代官名，又稱御史大夫，代表皇帝接受百姓奏事，管理國家重要圖冊、典籍；代表朝廷起草詔命文書。三國時期以太尉、司徒、司空為三公。

＊司徒：三公之一，負責人民教化、掌理禮儀諸事，雖然沒有實際權力，地位卻相當受尊崇。

時，王允忽然鄭重的跪地，對貂蟬叩頭下拜。貂蟬惶恐莫名，也跟著伏跪於地問道：「大人為何如此？」

「請可憐天下蒼生百姓！」王允一邊淚如泉湧，一邊把天下局勢說給貂蟬理解。

王允的觀察是，董卓雖然勢力強大，其實有一罩門，便是好色；而他身邊的大將——義子呂布更是好色又無義之徒。他計劃使用連環計，先口頭把美麗的貂蟬許配給呂布，再把她獻給董卓，呂布必然懷恨董卓，只要貂蟬能夠伺機慫恿呂布，殺董卓、重扶漢室社稷之日便不遠了。

王允說：「若能離間他們父子，讓呂布殺了董卓，重扶社稷，再立江山，都是妳的功勞啊！不知妳可願意？」

年方二八的貂蟬堅定的說道：「蒙大人恩養，萬死不辭，就請將我獻給他們，我自有辦法。」王允再三的拜謝。

計畫已定，第二天王允便拿出幾顆家藏的明珠，命良匠打造金冠一頂，派人密送給呂布。呂布大喜，親自到王允府上致謝。王允拿出美酒佳餚，把呂布奉為上賓，席間不斷稱頌呂布是當今天下第一英雄。酒酣耳熱之際，向身邊侍妾說道：「喚孩兒來！」

這時，兩女侍擁著精心打扮的貂蟬來到席上。呂布一見，簡直驚為天人，問這是何人？王允說：「王允

三國演義

一家蒙將軍照顧，特地讓小女貂蟬來與將軍相見。」便命貂蟬為呂布斟酒。貂蟬含情脈脈把酒遞給呂布，王允佯裝有了醉意，說著：「孩兒讓將軍多飲幾杯，我們一家全仰仗將軍呢！」呂布請貂蟬坐，他的目光根本無法離開貂蟬臉上。貂蟬假意推卻，王允說道：「將軍是我的至友，妳就坐坐無妨。」貂蟬便依著王允坐下了，呂布仍目不轉睛看著貂蟬，貂蟬也頻頻以秋波送情。

三人把酒言歡，王允趁著三分酒意，滿口把貂蟬許給了呂布。呂布大喜，再三拜謝才依依不捨的離開。

隔幾日，同樣的戲碼在王允府上再度上演，不同的是，主角換成了太師董卓，而美豔絕倫的貂蟬更是獻歌獻舞，使出渾身解數，令董卓傾慕不已。當夜王允便備馬車把貂蟬送到了太師府上，自己更親送董卓直到相府。

呂布一聽見王允已把貂蟬送至相府，大怒來向王允興師問罪。王允驚訝不已的說道：「是董太師吩咐來接貂蟬入府，正是要許配給呂將軍的啊！」呂布如同

無頭蒼蠅又奔回相府再三打聽，卻問不出個所以然。第二天一早，心焦如焚的呂布潛入董卓臥房，卻窺見窗下梳妝的貂蟬蹙著眉心，頻頻拭淚。其實貂蟬從窗外池水上的光影，已望見呂布正躲在近處，假意傷心罷了。

如此，貂蟬周旋在呂布、董卓之間，一邊以目傳情讓呂布神魂顛倒，一邊對董卓盡心服侍，讓兩人反目成仇。董卓謀士李儒看出貂蟬遲早將造成董、呂之間自相殘殺，建議董卓索性把貂蟬賜給呂布。董卓臉色一變，反問李儒：「若是把你的妻子賜給呂布，你可願意？」

董卓為了擺脫呂布，決定離開長安回到郿塢*。當董卓帶著貂蟬浩浩蕩蕩駕歸郿塢時，呂布望著滾滾車塵嘆息痛恨，這時，王允出現了，完成連環計的最後一個環節。王允說道：「將軍這樣的蓋世英雄，豈可容忍奪妻之恨？何不大家同心合力除去董卓，將軍不僅得以雪恥，更因消滅反賊、扶佐漢室而能留名青史！」呂布一心奪回貂蟬，便下定決心與王允等人合演這一齣終結董卓的大戲！

---

*郿塢：位在陝西，離長安城兩百五十公里處，是董卓當年奴役二十五萬百姓蓋成高七丈的城郭。內屯積二十年的糧食，金玉財寶、美女不計其數，他曾誓言：「事成雄踞天下，不成守此足以終老。」

計誘董卓，需要一個能言善道的人，有人向王允推薦了騎都尉李肅。李肅是呂布同鄉，當初就是他鼓動呂布殺丁原、投效董卓，他自認有功，卻遲遲未獲升遷，對董卓早已懷恨，便表現得大義凜然，說道：「我早就想除掉這個國賊了！」

　　這一天，李肅來到郿塢，向董卓報告天子有詔，說漢朝天子大病初癒，想要會集文武百官於未央殿，把帝位禪讓於董太師。董卓最擔心王允會不贊成，立刻問道：「王允之意如何？」李肅答道：「王司徒已經命人築受禪臺，只等主公您到來！」董卓大喜，因為他前夜夢中有一條龍籠罩全身，沒想到今日就得到這樣的喜信，果真吉兆靈驗！董卓命令四位心腹大將李傕、郭汜、張濟、樊稠領軍三千守住郿塢，而他自己即日啟程返回長安。臨行前與母親辭別，董母勸阻他，說：「近日心驚肉顫，此去恐怕不吉。」董卓一笑置之：「您將成為國母，自然有一些特別的感應！」董卓又對貂蟬允諾：「我若做了天子，一定立妳為貴妃！」貂蟬歡天喜地的與董卓拜別。

　　董卓上車往長安奔馳，行不到三十里，忽然折損一個車輪，只好下車乘馬；又行不到十里，那匹馬突然咆哮嘶喊起來，還扯斷了轡頭。董卓驚疑不定，問李肅：「車折輪、馬斷轡，是何徵兆？」李肅說：「太師馬上要登天子位，自然須棄舊換新，這是將乘玉輦

三國演義

金鞍之兆！」董卓深信不疑。再往前行，忽然狂風大作，大霧蔽天，董卓不禁心驚，問李肅：「這又是什麼徵兆？」李肅答：「主公登龍位，必有紅光紫霧，以壯天威！」如此一路來到城外，百官已在城門迎接。

第二天，董卓進朝準備登基大典，只見群臣列隊相迎，李肅手執寶劍，扶車而行。到了北掖門，侍衛被擋在門外，只有董卓御車可以進入宮中。遠遠見到王允等人各執寶劍立在殿門，董卓又是一驚，忙問李肅：「眾人為何持劍？」這一回，李肅不再回應，大力把御車推進殿中。王允大喝一聲：「反賊至此，武士何在？」大殿兩旁竄出一百多名武士，手中的戟、槊紛紛刺向車中。董卓身上穿著防身軟甲，刀槍不入，但手臂受了傷跌出車外，緊急中大喊：「吾兒奉先何在？」這時呂布從車後屬聲大喝：「吾受帝命討賊！」他的方天畫戟一出便直刺董卓咽喉，李肅立刻割下頭顱，結束了這個漢末最殘暴大奸臣的性命。

王允命人將董卓的屍首陳市示眾。董卓屍體肥胖，看守的兵士在他的肚臍眼上插上燈芯，點燃照明，結果膏油滿地，燃燒了好幾天才熄滅！

第三章 殺退李、郭，曹操崛起

　　王允用計，假呂布之手殺了董卓，結束了董卓挾持漢天子的時代，然而整個江山卻又陷入另一番混亂的局面。

　　董卓離開郿塢時，叮囑四位心腹大將李傕、郭汜、張濟、樊稠守城。他們聽到董卓被殺、呂布帶兵來到郿塢剿滅董卓餘黨和家產，便帶領兵馬連夜逃到董卓的發源地涼州。李傕在涼州招兵買馬，聚集了十幾萬兵馬分作四路殺向長安，要為董卓報仇。

　　在李傕軍中有位足智多謀的策士賈詡，協助李傕定了依山屯兵，先誘敵、激敵，最後前後夾擊的攻守策略。呂布雖然驍勇，卻欠缺戰略，他兵到山下，遇上李傕叫戰，馬上忿忿衝殺過去，李傕卻退走山上，此時山上箭、石如雨一般射下來。呂布大軍無法前進，又聽到郭汜兵馬從後方殺來，只得急急調回頭應戰，然而鼓聲大作之中，郭汜的軍馬卻已經速速退去；等到呂布準備收兵，李傕軍隊又來挑釁……如此反反覆覆一連幾日，呂布欲戰不得，欲止不能，急怒攻心之下，又聽到張濟、樊稠兩路人馬進犯長安，京城危急，呂布只好匆匆領軍回京。一到長安城下，發覺敵軍已

經圍住了城池，城內更有董卓餘黨李蒙、王方等人作內應，偷開了城門，這時李、郭、張、樊四路人馬一起湧入，呂布左衝右突，根本攔不住，眼看大勢已去，帶領數百騎人馬呼喚王允先出關保住性命，來日再謀對策。但王允不忍棄天子而走，一時各門火焰沖天，呂布自行飛奔出關，投靠袁術去了。

李傕、郭汜見呂布逃走，破城而入，殺了王允一家，甚至準備殺害獻帝，被張濟、樊稠攔阻。而後這四人不但學董卓的模式挾持天子、繼續殘虐百姓，更打算利用天子的名義號令諸侯入關，再一舉殲滅，圖謀整個江山。去了虎，來了狼，這完全不是當初王允犧牲貂蟬、苦心設下連環計剷除董卓時能夠預料的！

而在這再一次天下大亂的動盪之中，也造成各路英雄實力一次新的消長，其中最受矚目的，就是原來居於配角地位的曹操。

最先發起討伐李傕、郭汜等賊的諸侯是西涼太守馬騰與并州刺史韓遂。此二人帶領十幾萬兵馬殺向長安，雖然首戰告捷，殺了先鋒李蒙，但是因為李傕後來聽從了賈詡以深溝高壘、堅守不出的戰略，西涼軍始終無法攻下關防，不到兩個月，軍糧用盡，馬騰、韓遂等只好拔寨退軍，李、郭乘勝追擊，西涼軍大敗而回。

在李傕、郭汜打敗馬騰之後，各方諸侯一時不敢再對李、郭輕舉妄動。這時賈詡苦勸李、郭應當安撫百姓、結納賢良，局勢才因此稍微安定。然而沒多久，青州*的黃巾賊再度作亂。

青州黃巾賊死灰復燃，百姓惶惶，李傕等人不知所措，群臣中朱雋認為有一人可破群賊，他對李傕說道：「要破黃巾賊，非曹孟德不可！」

曹操那時是東郡*太守，手下軍兵不少，李傕馬上下詔東郡曹操、濟北鮑信一同平定黃巾賊。不幸鮑信深入敵軍被殺，而曹操的兵馬則勢如破竹，所到之處敵軍無不降順，不過一百多日，已招安到降兵三十餘萬、百姓百餘萬人。曹操挑選其中精壯者，成立了一支青州兵，成為他勢力的基礎。從此，曹操威名遠播，朝廷加封為鎮東將軍。

掃蕩黃巾賊後，曹操選擇在兗州*屯兵，除了擁有精銳的部隊，更廣為招賢納士，其中有幾位謀士在未來的漢末情勢裡為曹操陣營扮演了非常重要的角色，包括曾經輔佐過袁紹但不被重用的荀彧以及他的姪兒荀攸，賢士程昱、

郭嘉＊、劉曄、滿寵、呂虔及毛玠等人。其中尤以郭嘉深謀遠慮，最為曹操倚重。而在武的方面，曹操陣營中武藝出眾者，除了曹操的親戚夏侯惇＊之外，尚有帶兵數百人來歸降的于禁；此外，勇力過人，後來捨身護衛曹操的典韋都來到旗下。

自此，曹操文有謀臣，武有猛將，威震山東，銳不可當。志得意滿中，他特地派手下應劭前去徐州，將隱居徐州的父親曹嵩迎來兗州。

曹嵩接信後帶著一家老小四十餘人、隨從百餘人、車百餘輛，西行向兗州而來。

徐州太守陶謙是性情敦厚、膽小之人，知道曹嵩一家經過，特別出城迎接，大擺宴席款待了兩天，然後派了都尉張闓帶領五百士兵親自護送，沒想到他的好意，反而造成與曹操的不共戴天之仇！

原來當曹嵩一行人到了徐州邊境，在那夏末秋初的季節，突然來了一場暴雨，眾人只好到附近一座古

＊青州：在今日山東泰山至渤海一帶。

＊東郡：約在今河南東北部、山東西部地區。

＊兗州：在今山東西南平原。

＊郭嘉：字奉孝，在未來曹操與群雄爭戰、平定北方的戰事裡，發揮了重要的影響力，可惜壽命不長，在曹操征伐烏丸時病逝，年僅三十八歲。

＊夏侯惇：字元讓，漢朝名臣夏侯嬰的後代，個性極為剛猛。在曹操與呂布大戰時，曾被呂布部下曹性射中左眼，夏侯惇急忙用手拔箭，沒想到連眼珠一起拔出，夏侯惇說：「父精母血，不可棄也！」一口把眼珠吃下肚裡，仍繼續提槍縱馬，一槍取了曹性的命，兩軍無不駭然！自此夏侯惇也就少了左眼。

寺棲身。張闓的兵馬只能在廊間躲雨，誰知大雨不停，士兵們的衣裝都被打溼，一時怨聲四起。張闓本是黃巾餘黨，後來歸順陶謙，這時看到曹嵩一家車輛、財寶不少，起了覬覦之心，便鼓動手下：「不如大家進去把曹嵩一家殺了，奪取財物一同回到山上落草如何？」眾人本來就是強盜出身，便立刻響應。

狂風暴雨中，只聽見一聲大喊，張闓手下一擁而入，曹嵩一家應變不及，一個個被砍倒。曹嵩帶著愛妾向後門逃走，本來要翻牆出去，那妾太肥胖爬不上牆，兩人轉而躲進廁所，不久便被尋著，讓亂軍給殺了。

應劭雖逃出來保住一命，卻無顏見曹操，轉投奔袁紹去了。僅有少數逃出來的士兵奔回兗州向曹操報信。

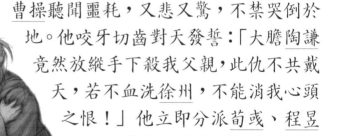

曹操聽聞噩耗，又悲又驚，不禁哭倒於地。他咬牙切齒對天發誓：「大膽陶謙竟然放縱手下殺我父親，此仇不共戴天，若不血洗徐州，不能消我心頭之恨！」他立即分派荀彧、程昱守城，其餘兵馬全部殺奔徐州，以夏侯惇、于禁、典韋為先鋒，下令攻陷城池，將城中百姓全部屠殺，以雪父

仇！

　　曹操大軍長驅直入徐州，所到之處，殺戮百姓十餘萬人，屍體把河水都堵住了，士兵更到處挖掘墳墓，極盡報復。陶謙不禁仰天痛哭：「我獲罪於天，致使徐州百姓受此大難！」他倉皇帶兵出城抵抗，遠望曹軍，好比一片霜雪。曹軍人人身穿白衣，中軍豎起一面白旗，旗上寫著「報讎雪恨」四個大字。看見曹操縱馬從陣勢中出來，陶謙連忙上前施禮告罪。曹操只顧痛罵：「老匹夫竟敢殺我父親，還想辯解！」向左右大喝一聲：「誰能生擒陶謙老賊？」陶謙慌忙回到陣營，夏侯惇追趕而來，這時忽然狂風大作，飛沙走石，兩軍都大亂，各自先收兵回營。

　　陶謙回到城中，悲傷的對手下說道：「曹兵眾多難敵，我應當自縛投降，任其割剮，以救徐州百姓的性命……」話未說完，策士糜竺自告奮勇：「我願親往北海郡求孔融出兵救援，若再派一人到青州求救，二處兵馬齊來，曹操必定退兵，徐州百姓便有救了！」於是陶謙派遣糜竺、陳登二人分頭前往北海、青州討救兵去。

　　孔融正要點兵救援陶謙，沒想到此時數萬黃巾餘黨卻大舉作亂。孔融自顧不暇，恰好遼東一位英雄太史慈回北海探親，孔融便央求太史慈走一趟，就近請曾以掃蕩黃巾賊聞名的平原郡劉備來救援。

太史慈殺出重圍，來到劉備處，說明孔融被圍求救之事。劉備稍感驚訝：「孔北海也知道世間有我劉備這號人物？」他不禁精神一振，率領關羽、張飛點了三千精兵會同太史慈奔往北海救援。關羽對戰黃巾首領管亥，不過數十回合，管亥便被青龍偃月刀劈於馬下；太史慈、張飛兩騎人馬則殺入賊陣，如虎入羊群，黃巾賊黨立即潰不成軍，不是投降，就是四處奔竄，落荒而逃。

這一戰，讓孔融大為感激，將劉備等人迎入城中，設筵款待。這時陶謙手下糜竺仍在城中，見劉備善戰，轉向劉備求援。劉備自知不是曹操大軍的對手，但被孔融以道義相激，也很難推辭，只得承諾先去向公孫瓚借兵，再到徐州會合。

劉備向公孫瓚借二千步軍來到徐州。此時陶謙已被曹操嚇得六神無主，一看到劉備儀表不俗、言談豁達，又才剛大破黃巾賊，深深感到這樣的人才若能留在徐州，真是百姓之幸！他立刻命糜竺取來官印，說自己年邁無能，要把徐州讓給劉備治理。劉備極力推辭，兩人再三相讓，糜竺勸說二人當前還是先商議退兵之計要緊。劉備便道：「不如我先寫信勸曹操和解，倘若曹操不同意，再出兵廝殺不遲。」

三國演義

曹操正在軍中與諸將商議戰略，突然收到徐州來

的書信，感到意外，拆信一看是劉備為陶謙說情、規勸撤兵，更是訝異！曹操痛罵道：「這劉備以為自己是誰？竟敢來勸諫！」正要下令斬了來使，忽然手下飛馬來報，說呂布此時已經攻破兗州，進據濮陽了。＊

有道是「螳螂捕蟬，黃雀在後」，曹操這下大驚失色，哪還能理會劉備與徐州的戰事，倒不如就賣他個順水人情，拔寨退兵回兗州去再說。

徐州這邊，接到了曹操同意退兵的信札，簡直順利得不敢置信，陶謙對劉備更是佩服得五體投地，再度重提告老引退讓出徐州，請劉備為百姓蒼生著想的話，孔融等人也幫忙勸服劉備。劉備說道：「相救徐州，為的是道義，若據而有之，天下將以劉備為無義之人！」堅決不肯接受，一旁張飛可看不過去了，張飛說道：「又不是咱們強要他的州郡，他好意相讓，大哥何必苦苦推辭？」劉備瞪張飛一眼：「你們不要陷我於不義！」如此兩人謙讓再三，陶謙無奈，提議在徐州邊境的小沛，地雖不大，還足以屯軍練兵，若是劉備能駐軍在小沛，也可就近保護徐州。劉備在眾人苦

＊呂布在李傕、郭汜殺入城中、挾持獻帝時，逃出城投奔袁術，幾經周折，後來與張邈、陳宮等人合流。此時趁曹軍攻徐州，大舉拿下曹操的兗州，正要重振威名。

勸之下接受了，在小沛駐紮下來。

　　而曹操緊急退出徐州回到北方，兗州已被呂布所奪，幸好鄄城、東阿、范縣三處由荀彧、程昱死守，曹操才能安營下寨，再來想辦法對付呂布。呂布這一方有陳宮謀劃，曹操則有郭嘉、荀彧等設局；呂布除了自身驍勇，還有大將張遼*，曹操則有夏侯惇、于禁、典韋等善戰武將。雙方你來我往，互有輸贏，打得十分慘烈。後來曹操攻濮陽，入城中了埋伏，城上有火砲滾下，曹操趕緊退兵，四周卻是烈火沖天，逃到東巷遇上張遼，轉往西巷又遇見臧霸，南門則有高順、侯成攔住，都是呂布的人馬。曹操轉往北門，火光裡見到呂布殺過來，幸而被及時趕到的典韋、夏侯淵*救起，但曹操手臂已燒傷，連鬍鬚都燒掉了一大截！

　　雙方混戰到天明，驚怒交加的曹操回寨之後卻忽然仰天大笑：「呂布啊！我竟會上你這個匹夫的當，若不能報這個仇，豈不被天下人恥笑！」他轉念一想，「我何不將計就計？」於是對郭嘉說道：「不如就對外

*張遼：字文遠，使一把大刀，跟隨呂布多年，不但武功高強，謀略過人，且口才便給。後來歸順曹操，為曹操立下無數的戰功。
*夏侯淵：夏侯惇之弟，曹操的重要將領，其妻為曹操妻丁氏之妹；曹操起兵之後，一直追隨曹操左右。

謊稱我被燒傷，火毒攻發，已經在五更身亡。呂布一定會乘機來攻，那時我們埋伏在馬陵山中半路截擊，必可生擒呂布！」郭嘉大為讚賞：「好計！」

曹軍戴孝發喪，呂布果然乘勝追擊，殺奔曹營。來到馬陵山中，忽聞一聲鼓響，瞬間伏兵四起，殺得呂布大敗而回。

之後曹操更一鼓作氣，陸續攻下了兗州、濮陽、定陶，山東一帶全被曹操占領。呂布退無可退，投往徐州劉備而來。

再說劉備這邊，當曹操、呂布打得如火如荼時，陶謙卻忽然染上了重病，臨終前他把兩個兒子託給劉備照顧，再次請求劉備統領徐州。面對陶謙的託孤，劉備仍極力推辭，陶謙以手指心才闔眼長眠。徐州百姓才經歷曹操的殺戮，太平沒幾日，太守又忽然病逝，頓時人心惶惶。第二天，百姓們紛紛跑到劉備府前下拜哭道：「先生若不統領此郡，徐州百姓都無法平安生活啊！」在眾人勸說及百姓擁戴之下，劉備只得含淚接下重擔，安撫百姓。

曹操得知此事，簡直怒不可遏，拍桌大罵：「我父仇未報陶謙竟死，可恨劉備不費一兵一卒就得到徐州！我先殺劉備，再剖了陶謙屍體，以雪父親被害之冤！」正要起兵攻打徐州，被荀彧勸了下來，畢竟已有前車

三國演義

之鑑，呂布隨時可能乘虛而入。

而朝廷裡，還是李傕、郭汜橫行無忌的局面。獻帝受盡苦難，加上李傕、郭汜二人之間亦不斷自相殘殺、勾心鬥角，攪得朝廷烏煙瘴氣，獻帝更加不安。

獻帝這時唯一能夠依靠的只有將軍楊奉和國舅董承。楊奉、董承暗地差人修繕被董卓焚毀的洛陽宮殿，千驚萬險中將獻帝送至洛陽。獻帝還都洛陽，以擺脫李、郭的控制，並將那一年改為建安元年。為了與李、郭勢力對抗，獻帝宣召那時實力最強大的曹操前來保駕。

這時李、郭軍隊大舉來攻洛陽，獻帝危在旦夕。曹操軍隊一到，立即大敗李、郭兵馬，斬首萬餘人。

李傕不信曹操的能耐，還要調兵再戰，且心浮氣躁，希望速戰速決。賈詡早已看不慣李傕的作為，屢次規勸李傕歸降朝廷、讓百姓休養生息。這一次曹操大軍救駕，賈詡認為曹操正是意氣風發，而李、郭二人早失軍心，根本無法正面與曹軍對抗，且天子站在曹軍一方，李、郭求戰，名不正，言不順，賈詡說：「如今不如投降，以求免罪！」李傕大

三國演義

怒：「你竟敢滅我銳氣？」拔劍要斬賈詡，眾人苦勸，他才饒了賈詡一命。當晚，賈詡便騎馬回鄉，離開了李傕的陣營。

第二天，李、郭向曹兵叫戰，如同賈詡所料，曹兵銳不可當，李、郭兵馬大敗而走，曹操親自押陣追殺，賊兵逃的逃，降的降，惶恐得像喪家之犬，李、郭二人則逃到山中落草為寇去了。

然而，曹操的野心，卻也一天天坐大，早已不是當年持劍欲刺董卓的血性漢子了。現在天子在曹操的手中，就像之前的董卓、李傕，曹操也嘗到了挾天子以令諸侯、權力在握的痛快。為了確保能夠長期控制獻帝，他決定帶著天子遷都。他以洛陽荒廢太久難以修復的名義，請天子遷至接近山東的許都。獻帝不敢不從，群臣則因曹操救駕有功，且勢力已坐大，都不敢有異議。可憐獻帝才離狼窩，又進虎口，被人搬來搬去，任憑宰割！

第四章　劉備得、失徐州，轉投曹操

　　獻帝遷至許都後，蓋宮殿、立宗廟，封董承等十三人為列侯；其他賞功罰罪，悉聽曹操處置。曹操自封為大將軍武平侯，任命荀彧為中尚書令、荀攸為軍師、郭嘉為司馬祭酒……對他的心腹人馬大肆分封。不過，他還沒忘記父仇未報、劉備坐享徐州之恨。但此時局勢變得更加複雜，因為曹操的另一個眼中釘呂布也到了徐州。曹操決定以「二虎競食」之計，派遣密使送信給劉備，以天子名義正式授給劉備徐州牧的名分，但私下命令劉備殺呂布。如此一來，劉備、呂布自相殘殺，至少可先除去一人！

　　話說呂布兵敗曹操之後，投奔劉備，暫時在小沛安身。關羽、張飛一向厭惡呂布的為人，又接獲曹操密詔，教殺呂布，關、張皆認為應殺此無義之人，但劉備認為呂布有難來投奔，如果乘機殺他，那麼自己也是無義之人，何況當初如果不是呂布偷襲克州解了徐州燃眉之急，徐州早已遭到曹操屠戮，現在怎能恩將仇報？便不顧關、張的反對，甚至為了表示開誠布公，他把曹操的密詔也給呂布看了。

曹操陣營看借刀殺人之計不成，又有了第二個「驅虎吞狼」之計，這一次是反過來讓呂布先吞下劉備，並且把另一個野心勃勃的袁術也拖下水！他派人向袁術通報，說劉備已向天子上密表，將攻打袁術所在的南郡*，個性急躁的袁術一定會大怒先攻擊劉備；這時再下詔劉備討伐袁術。預料當這兩人相鬥，呂布絕不會安分守在小沛，一定會乘人之危奪取徐州，那時曹操再出手不遲。

這一計的確讓劉備進退維谷。劉備明知是曹操之計，且並不願與袁術為敵，但天子之詔不能公然違抗，只得硬著頭皮點軍啟程，留下張飛守城。

劉備實在放心不下，想到張飛一喝酒就暴躁，動不動便鞭打士兵，怕要誤事，臨走前千交萬代，要張飛不得飲酒、不打部下，凡事要聽人勸諫。張飛滿口承應。

誰知劉備、關羽出發之後，張飛設宴邀來百官。眾人一坐定，張飛說：「我哥哥臨去時，吩咐我少喝酒，怕我誤事。今日大家在此盡情一醉，明天開始就都戒酒，各個好好幫我守城。但今天都要喝醉才行！」說罷起身，與眾官把酒言歡。敬酒到昔日陶謙部將曹豹面前時，曹豹說：「我實在沒有酒量！」酒興大發的

---

*南郡：在今湖北一帶。

張飛如何肯依，定要曹豹喝一杯，曹豹勉強喝了。張飛與眾官狂飲幾巡，有些醉了，又來到曹豹面前，曹豹真是不能喝，再三告饒，張飛發起酒瘋，說曹豹違命，喝令軍士拿下打他一百棍。曹豹的女兒是呂布的第二個妻子，這時想到呂布，曹豹求饒說道：「翼德大人，您就看在我女婿的面上，饒了我吧！」張飛愣了愣：「你女婿是誰？」「就是呂布啊。」張飛大怒：「我本來不是真要打你，你抬出呂布來嚇唬我，這下我非打你不可，我打你便是打呂布！」眾人勸也勸不住，硬是把曹豹打了五十棍。

　　曹豹恨張飛入骨，席散之後，連夜差人送信給呂布，說張飛的無禮，並詳告劉備已往淮南，今夜可乘張飛大醉，引兵來襲徐州，不可錯過這大好時機！呂布自然見獵心喜，趁著半夜，有曹豹開城門做內應，一聲暗號，大軍入城，殺個張飛措手不及。張飛宿醉未醒，無法力戰，倉皇殺出東門。

　　張飛失了徐州，帶領少數逃出的士兵逕往淮南，見到劉備，慚愧的說了曹豹與呂布裡應外合、夜襲徐州之事。關羽問起二位嫂嫂的下落，張飛說因倉促逃走，嫂嫂陷在了城中。關羽頓足埋怨：「你當初要守城時是怎麼說的？兄長吩咐你什麼來著？現在城池也丟了，連嫂嫂都陷在城中，怎麼是好？」說得張飛無地自容，拔劍就要自刎，劉備忙上前抱住，把劍搶下往

地上一扔：「古人說：『兄弟如手足，妻子如衣服。衣服破，尚可縫，手足斷，安可續？』你我三人桃園結義，不能同日生，但求同日死。那城池本來就不是我所擁有的，家眷雖陷，但我與呂布原本無仇，呂布應該不至於謀害她們。這是你一時之誤，怎可這樣輕生？」說罷痛哭失聲，關羽、張飛也激動落淚。

劉備失了徐州的消息馬上傳到袁術耳裡。袁術連夜差人去呂布處，許下金銀一萬兩、糧五萬斛、馬五百匹等等財物，讓呂布出手夾擊劉備。呂布大喜，令手下高順領五萬兵馬去追趕劉備。劉、關、張等撤兵，一路往南逃走。擊退劉備後，高順向袁術索取許諾的金銀糧馬，袁術卻說必須捉到了劉備才算數。呂布發覺上當，怒罵袁術無信，想發兵攻打袁術，但陳宮反對，說：「袁術兵多糧廣，目前不是他的對手，不如迎回劉備，他日可令劉備做先鋒，那時先取袁術，後取袁紹，便可以縱橫天下了。」

呂布聽從陳宮之計迎回了劉備，讓劉備屯軍在小沛。雖然關羽、張飛忿忿不平，劉備仍安慰他們：「大丈夫要能屈能伸，等待時機，不要違背命運。」

袁術仍不放棄除掉劉備、再除呂布、拿下徐州的計畫。於是派人送糧二十萬斛先安撫呂布，讓他至少按兵不動，保持中立，然後派紀靈帶兵進取小沛。

而劉備獲知紀靈將發兵來犯，也連忙修書請呂布

派兵救援。呂布左右為難，雖收了袁術的糧食，但袁術若真的占領了小沛，對徐州將是一大威脅。後來想出非常冒險的一計。他同時把紀靈和劉備約至家中宴飲。二人相見，各自懷疑呂布不懷好意，劉備更是抽身要走，這時呂布提出解決辦法，他說：「讓老天來決定吧！」便取出方天畫戟，派人拿到轅門外遠遠插定，然後回頭對紀靈、劉備說：「轅門離中軍有一百五十步遠，我如果能射中戟上的小枝，你們兩家罷兵回去。如果射不中，你倆各自回營，安排廝殺，我不再介入。至於我射不射得中，就看天意了，如何？」

　　紀靈心想：「戟在一百五十步之外，怎麼可能射得中？不如就做個順水人情答應他，等他射不中，那時任我廝殺，誰都無話可說。」便一口允諾。劉備此時也別無選擇，只好承應。

　　呂布讓部下取來弓箭。只見他挽起袍袖，搭上箭，叫一聲：「中！」剎時，那弓如滿月拉開，箭如流星飛去，不偏不倚正中畫戟小枝，帳上帳下無不齊聲喝采！劉備暗喜，紀靈則驚訝得說不出話，莫可奈何只得退兵而去。

　　紀靈無功而返，袁術卻不肯罷休，仍然千方百計想要聯絡呂布消滅劉備。一日呂布命人前往山東買馬，回到沛縣交界一帶卻被搶走一半，一打聽，竟是讓張飛假扮山賊給奪走的。呂布大怒，點兵來攻小沛。劉

三國演義

備大驚失色，領軍出迎：「兄長何故領兵到此？」呂布痛罵：「我轅門射戟為你解圍，你為何卻奪我馬匹？」劉備根本不知道此事，正要辯解，張飛挺槍出馬：「是我奪了你的好馬，你想怎樣？」呂布怒罵：「環眼賊！竟敢屢次藐視我！」張飛說：「我奪你馬，你便惱怒。你奪我哥哥的徐州，便不說了？」呂布縱馬來戰張飛，張飛也挺槍迎戰。兩人大戰一百多回合，劉備唯恐有疏失，鳴金收兵回城。呂布軍隊團團圍住了小沛。

　　劉備責怪張飛行事莽撞，又惹事端，但事已至此，即使送還馬匹，呂布也不領情，眼看小沛不是久留之地，只好突圍棄城，先去投奔曹操再作打算了。當夜三更，張飛作前鋒，殺出重圍，關羽斷後，一路奔到了許都。

　　曹操那時四處網羅人才，又一向痛恨呂布，劉、關、張三人求見，曹操馬上奉為上賓，並滿口允諾要跟他們共同對付呂布。不過曹操身邊的謀士各有不同看法，荀彧、程昱皆認為劉備野心勃勃，不如趁早除掉他，以絕後患。郭嘉則認為現在正是廣納英雄之時，不可殺一人而失天下心！曹操認同郭嘉的見解，便撥了三千兵馬、糧食萬斛送給劉備，讓他到豫州上任。劉備到了豫州，再度派兵到小沛，召回散去的兵馬，等待機會反攻呂布。

三國演義

38

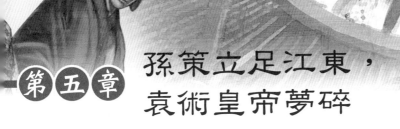

第五章　孫策立足江東，袁術皇帝夢碎

　　正當曹操趕走李傕、挾持天子，而袁術、呂布各懷野心，與劉備互相周旋之時，江東卻有另一位英雄默默崛起，那就是長沙太守孫堅的長子孫策。

　　當年董卓焚燒洛陽城、遷都長安，各路英雄入關來到洛陽城時，已是一片廢墟。其中最早到達洛陽的是孫堅，他發兵滅火，搶救宮闕，又命令士兵掃除瓦礫，盡力復原被董卓破壞的陵寢。當夜，一位士兵發現了一個錦囊，囊中小盒以金鎖鎖住。打開來，有一方玉璽，上面刻著篆文八字「受命於天，既壽永昌」——竟是漢朝的傳國璽！

　　孫堅滿懷欣喜，認為這是自己有天子之命的預兆，誰也料不到，得到這方玉璽，卻是不幸的開始！孫堅暗藏玉璽，急於回到江東。他手下一名士兵是袁紹的同鄉，將消息連夜密報袁紹。袁紹是當時討董的盟主，忌恨孫堅竟將玉璽據為己有，派心腹通報荊州刺史劉表＊攔截孫堅。劉表帶兵堵住孫堅去路，責難孫堅：「你匿藏傳國璽，莫非是想造反？」孫堅否認，並發下重誓：「我若有此物，將死於刀箭之下！」後來孫堅

與劉表作戰，誤中埋伏，山上石子如雨而下、林中亂箭齊發而來，孫堅身中石箭、腦漿迸流，連人帶馬死於峴山之下，年僅三十七歲。

　　孫策知道父親被亂箭射死，不禁放聲大哭，那時孫策才十七歲，安葬父親之後，帶著剩餘的殘軍投靠袁術。但不久他便感到袁術態度倨傲，想到父親如此英雄，自己淪落到寄人籬下，終日悶悶不樂。這時好友呂範在袁術手下，知道袁術有篡國野心，建議孫策不如拿出那枚傳國璽作為質押，向袁術借一批兵馬，以母舅在揚州被刺史劉繇所逼，渡江救難省親為名義，回到江東自立發展。袁術得知傳聞中的玉璽果真在孫策手裡，大喜過望，馬上答應借兵三千，馬匹五百；他把玉璽留下，命孫策平定劉繇之後速速回來。

　　孫策帶著呂範及父親舊將程普、黃蓋、韓當等人，領三千兵馬往揚州而來。行經歷陽*時，遠遠見到一位風采瀟灑的美男子騎馬而來，竟是孫策昔日在舒城的好友周瑜*！現在孫策正圖謀回江東能有一番作為時，遇見了這位

三國演義

他一向敬服的好友，真覺得如獲天助！周瑜更為孫策推薦了兩位良才，張昭、張紘——所謂江東二張，共同為孫策效力。

而後孫策帶兵掃蕩在曲阿的劉繇，與太史慈*勢均力敵激戰不下。兩方酣戰中，劉繇聽到周瑜正乘機襲擊他的大本營曲阿，方寸大亂，忽然喝令退軍。大軍一下子四散退走，太史慈一人獨力難當，便帶領十餘騎兵馬逃向涇縣。孫策乘勢夜襲敵營，殺得劉繇軍兵大敗，人馬大半投降。劉繇只得投奔劉表去了。

太史慈招來了兩千餘人要為劉繇報仇，與孫策幾番大戰後卻中了埋伏，終於不敵。孫策一向激賞太史慈的勇猛，當太史慈被押解入寨，孫策喝退士兵，上前親自為他鬆綁，脫下自己的錦袍為他披上。太史慈感動投降，承諾將回營號召所有留下的軍士來降，與孫策約定次日中午相見。

太史慈離去後，諸將紛紛說道：「太史慈這一去，必定不會再來了！」只有孫策堅信他是講信用之人。第二天，諸將刻意在營前立竿，等待日影，看看太史

* 劉表：字景升，漢室皇親。年少時便知名於世，是個美男子。他坐領荊州九郡，開經立學，愛民養士，遠交袁紹，近結張繡，稱雄於荊州。
* 歷陽：今安徽和縣。
* 周瑜：字公瑾，較孫策小兩個月。兩人同窗時交情極好，結拜為兄弟。
* 太史慈：劉繇手下這位先鋒大將便是曾為孔融解北海之危的人物，他離開孔融之後，來到劉繇陣營。

慈是否真能守約在中午時分來到。

　　日正當中時，眾人遠遠的看到了太史慈帶領一千餘名士卒出現，孫策大喜，眾將這也才真服了孫策的知人之明！

　　孫策結集了不少文武好漢，平定江東一帶，分派將士看守各處隘口，一面寫表申奏朝廷，一面結交曹操，穩固他在江東的地位。接著，便是要向袁術把那枚玉璽給討回來！

　　袁術其實早有稱帝的野心，自從得到那枚傳國璽更覺得這乃是天意！他手下雖有人勸諫不可莽撞行事，袁術一句「多言者斬」，嚇得眾人噤若寒蟬。於是袁術自己立了臺、省等官職，建號仲氏，乘坐龍鳳輦，模仿古代帝王即位天子，還到南城郊外祭天、北城郊外祭地，冊立皇后、太子，有模有樣的做起了皇帝。

　　袁術自行稱帝後，便統領了二十萬大軍，分七路去征伐坐擁徐州的呂布。

　　呂布聯絡屯兵在小沛的劉備，並派人勸服袁術的手下韓暹、楊奉為內應。韓暹、楊奉原是漢臣，雖然跟隨袁術，

心中對袁術稱帝頗感不滿，便與呂布
裡應外合，加上劉、關、張聯手，
合力逼退了袁術。

　　袁術出師未捷，便想起當初
曾借孫策三千兵馬，於是派人到江東向
孫策調兵前來報仇。不料孫策對來使痛罵一番：「袁術
霸占我的玉璽不還，又僭位稱帝，是背叛漢室、大逆
不道的叛國賊，我還準備興兵去向他問罪呢，怎麼可
能助紂為虐？」

　　孫策不但不願借兵給袁術，更發信聯絡曹操，請
他一同討伐袁術。於是曹操封孫策為討逆將軍，並聯
合了呂布、劉備共同征討袁術，殺得袁術大敗而歸。
曹操雖然沒有立刻除掉袁術，但已看出袁術野心有餘，
能力不足，並不值得畏懼。

　　後來，袁術做了一陣子狂妄奢華的皇帝夢之後，
終於因為屬下眾叛親離，支撐不下去，而寫了封「詔
書」，把帝號讓給同父異母的哥哥袁紹。袁紹兵馬眾
多，勢力足以和曹操抗衡，便命袁術立刻收拾人馬去
投靠他。

　　袁術帶著「御用」之物奔投袁紹的路上，遭到劉
備人馬的征討追殺，窮途末路中，又遇到強盜襲擊，
終於糧食盡絕。在那一個酷熱的夏天，僅餘的士兵、
家人幾乎無糧可食，虛弱的袁術還嫌飯粗難以下嚥，

命令廚子拿蜜水來為他止渴，那廚子冷言冷語相譏：「現在只有血水，哪有蜜水？」袁術氣得坐在床上大叫一聲，倒在地上吐血而死。袁術死後，餘黨被東海徐璆剿滅。徐璆取得玉璽，送至許都獻給了曹操。

那年是建安四年六月，在袁術稱帝、走向滅亡這期間，天下大勢又有一番移轉。袁術的皇帝人生，到頭來只是鬧劇一場，而他稱帝的這段期間，曹操、呂布、劉備之間的明爭暗鬥，卻是更精采的歷史轉折！

第六章 呂布殞命白門樓

　　話說曹操給了劉備三千兵馬，讓他到豫州上任，並屯軍於小沛，暗中準備對付呂布。

　　呂布研判情勢對自己不利，決定主動發動攻擊，命高順、張遼攻打劉備。呂布驍勇，有幕僚陳宮協助，又有大批兵馬，人單力孤的劉備無法禦敵，兵荒馬亂中一度還與關、張二人走散，留在小沛的家眷再度失陷在呂布手中。不久曹操兵馬趕到，親自督軍與劉備聯手來戰呂布。曹操利用徐州內陳登、陳珪父子為內應，在天黑後把呂布、陳宮分別率領的兩路人馬騙出城來於黑夜裡自相殘殺，兩軍直殺到天明才知是計，急忙想退回城中，到城門邊卻是箭如雨下，劉備的手下糜竺已經占領了城池。

　　陳宮勸呂布先回小沛，來到半路，卻看到駐守小沛的高順、張遼趕來，說：「陳登來報，主公被圍，要我們快來解救。」陳宮跺足大嘆：「這又是佞賊陳登的計了！」呂布大怒：「我必殺此賊！」一行人連忙趕回小沛，城上插滿曹兵的旗幟，原來曹操已命令弟弟曹仁奪下城池，派兵駐守了。

　　呂布在城下大罵陳登叛徒，陳登反過來痛罵呂布：

「我本來就是大漢臣子，怎能事奉你這個反賊！」呂布恨不得立刻衝入城中殺了陳登，背後卻是喊聲大起，一隊人馬來到，為首的大將，正是呂布的死對頭張飛！兩軍交戰一番，曹操也領大軍殺來，呂布引軍向東逃，曹兵一路追趕。呂布逃得狼狽不堪，忽然又有一軍攔住去路，為首的大將橫刀一喝：「呂布別走，關雲長在此！」這下呂布更無心戀戰，與陳宮殺開一條血路，來到下邳，由手下侯成帶兵到此接走了。

　　呂布敗走後，劉、關、張三人重聚，糜竺也接來了劉備家眷。曹操則大設慶功宴，犒賞諸將，並研擬下一波的攻略，由曹操守山東諸路，劉備守淮南徑路，準備一舉殲滅呂布。

　　呂布在下邳，陳宮眼看曹操兵馬剛到，催促呂布在他們還沒妥善安寨之前，攻其不備，應有很大的勝算！但呂布認為自己糧草充足，又有泗水作為屏障，可以安心坐守，便不願主動開戰。

　　等過了幾天，曹兵下寨已定，便來叫戰了。這時陳宮又請呂布以騎兵屯守城外，陳宮自己坐陣於城內，如果曹操來攻呂布，陳宮可派兵從後襲擊；反之，假設曹兵來攻城，則呂布可回救於後。如此內外防守，等到遠來的曹兵糧食吃盡了，便會退兵。然而呂布一回到府中收拾戎裝，妻子嚴氏便痛哭流涕說：「你拋棄

全城孤軍遠出，一旦出事，教我們妻小如何是好？」呂布只好留在府中，三日不出來。陳宮急了，忙勸呂布：「曹軍已經四面圍城，將軍再不出城，便要受困了！」驍勇的呂布卻變得猶豫不決，回房問貂蟬的意見，貂蟬也惶恐的說道：「請將軍為我們作主，千萬不要輕騎自出！」呂布便自我安慰：「我有天下聞名的方天畫戟和赤兔馬，誰敢靠近！」索性每日與妻妾飲酒解悶。

　　呂布整天借酒澆愁，而曹操攻城，兩個月還攻不下來，也不免心急，這時郭嘉決定以水攻城。下邳位處沂河、泗水交會之地，呂布把二水當作屏障，卻沒設想一旦二水決堤的下場。

　　曹操命令士兵破壞兩河的堤防，自己帶兵在高原坐看水淹下邳，那滔滔大水比二十萬大軍還要凶猛！

　　不多時，下邳一城，除了東門之外，其餘各門都被水淹沒。眾軍飛報呂布，呂布卻說：「我有赤兔馬，渡水如走平地，何懼之有？」仍然日日與妻妾痛飲美酒。有一天，呂布酒醒，攬鏡自照，不禁大驚失色！發現自己酒色傷身，已經面露病容。呂布痛下決心從今日起要開始戒酒，但又怕自己戒不了酒，便下令全城有飲酒者格殺勿論！

　　這時呂布的部下侯成有十五匹馬被人盜走打算獻

給劉備，侯成及時發覺了，將馬追回。諸將興高采烈來為侯成慶賀，侯成想拿出私釀的酒來喝，又怕呂布知道了要怪罪，便先送五罈酒到呂布府上，說明是追得失馬的慶賀酒。沒想到呂布竟勃然大怒，命人把侯成推出斬首。宋憲、魏續幾位將官紛紛為侯成求饒，總算免了死罪，改成重打五十杖才釋放。眾將均喪氣不已。

宋憲、魏續來到侯成家探視，大家感嘆：「呂布只戀妻妾，卻視我們如草芥！」愈想愈感到忿忿不平，宋憲說：「呂布無義，大家又何必為他賣命？」侯成則說道：「我因為追馬反而受責，而呂布所倚恃的，就是那匹赤兔馬。你二人如果能獻城門、擒呂布，我就先盜馬去見曹操！」三人義憤填膺之下商議定了，當晚侯成就去馬院偷了赤兔馬往東門而來，魏續開門放走侯成，卻佯裝追趕的模樣。而後宋憲、魏續趁呂布在門樓休息時，趕退左右衛兵，先盜走他的方天畫戟，再齊力以繩索把呂布緊緊縛住。

侯成到了曹營，獻上馬匹，稟報說宋憲、魏續將插白旗為號，準

49

備開門獻城。

卻說曹兵趕到城下，看見城上白旗飄搖，魏續大喊：「已活捉呂布！」並大開城門，曹兵一擁而入。高順、張遼、陳宮等紛紛被擒。

曹操入城來，和劉備一起坐在白門樓上，命令提來一千人犯。

被綑成一團的呂布，看見侯成、宋憲、魏續等人站在一旁，不禁埋怨：「我一向待諸將不薄，你們怎麼忍心背叛我？」宋憲答道：「你只聽妻妾，不聽我們的諫言，怎稱得上待我們不薄？」呂布默然無語。

不久，眾人擁了高順來。曹操問高順有沒有話說？高順不答，曹操大怒，便命人把他給斬了。

下一個押解陳宮上來。曹操百感交集，問一聲：「公臺別來無恙？」

原來多年前，當曹操刺殺董卓不成而逃亡時，陳宮對他曾有救命之恩。那時陳宮是中牟縣令，曹操路經中牟縣時被守關軍士發現，捉去見縣令。陳宮對曹操捨身報國大為感佩，不但在半夜悄悄把曹操放了，更乾脆棄官與曹操一同逃走。

曹操、陳宮來到成皋呂伯奢家中投宿。呂伯奢是曹操父親的結義兄弟，不但馬上接納二人，並往西村

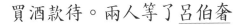

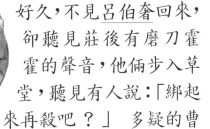

買酒款待。兩人等了呂伯奢好久，不見呂伯奢回來，卻聽見莊後有磨刀霍霍的聲音，他倆步入草堂，聽見有人說：「綁起來再殺吧？」多疑的曹操，以為呂家人是要殺他，當下決定先下手為強，與陳宮兩人拔劍直入，不分男女，見人就殺，一口氣殺死呂家八口人。而後搜到廚房，才發現廚房裡綁著一隻豬正等著宰殺。陳宮埋怨：「孟德太多心，誤殺了好人！」卻已莫可奈何，只得跟隨曹操出莊上馬而行。

　　走不到兩里路，迎面見到呂伯奢騎著驢子，驢鞍前掛著兩瓶酒，還帶了不少果菜。呂伯奢訝異問道：「賢姪怎麼就要走了呢？」曹操說自己是避罪之人，不敢久住。呂伯奢惋惜道：「我已吩咐家人，宰一頭豬來好好款待二位，怎麼能不住一晚再走？快快跟我回莊上吧！」曹操不肯，轉身便走。走了幾步之後，曹操忽然拔劍回頭，對呂伯奢大喊一聲：「你看是誰來了？」呂伯奢才一回頭，曹操揮劍砍下，殺死了呂伯奢。陳宮大驚失色：「剛才在莊裡是因為誤解，現在明知錯怪了，怎麼還痛下殺手呢？」曹操回答：「呂伯奢回家，一見到死了這麼多人，怎麼可能放過我們？他

若率眾來追，我們是躲不過的。」陳宮簡直不敢相信自己的耳朵，他說：「明知而故殺，實在是大不義！」曹操卻說道：「寧教我負天下人，休教天下人負我！」陳宮愕然，無言以對。

當夜，投宿旅店時，陳宮尋思自己棄官跟隨曹操，想不到他卻是如此心狠之人！他也曾想殺了曹操以絕後患，轉念想到自己是為國家跟隨他到這裡，如今殺他，反而是自己不義。陳宮下不了手，便決心離開曹操，但他從此不再信任這個人了，甚至寧願輔佐惡名昭彰的呂布來對付曹操。

曹操與陳宮二人曾有一番恩怨，現在陳宮成了階下囚，曹操心中也頗為傷感，問一聲：「公臺別來無恙？」心中盼望陳宮求饒，便放他一馬。誰知陳宮深恨曹操，絲毫不肯低頭。曹操想起陳宮曾為自己棄官之事：「公臺當日為何不願跟隨孟德？」陳宮大罵：「你這人心術不正，我不願事奉你！」曹操說：「我心術不正，那麼難道呂布就是正人君子？怎麼就願意輔佐他？」陳宮答道：「呂布雖然有勇無謀，不像你這樣狡詐！」曹操反脣相譏：「公臺您足智多謀，今日又如何呢？」陳宮無奈看了呂布一眼：「就恨這人不肯聽從我的話，否則未必有此下場！」曹操再問：「那麼現在該怎麼辦呢？」陳宮大聲說道：「今日不過一死而

已！」說完就自動下樓伸頸就刑。陳宮視死如歸，眾英雄莫不震撼，各個紅了眼眶。事已至此，曹操只得命人把陳宮好好安葬。

就在曹操送陳宮下樓之時，被綑縛一旁的呂布卻乘機向劉備說情：「公為座上客，我為階下囚，何不為我說句好話？」劉備點頭不語。等到曹操回來，呂布大喊：「曹公您最擔心的人就是呂布，現在我呂布服了您，從此有我輔佐，還怕不能平定天下嗎？」曹操猶豫的看了看劉備：「您說呢？」劉備答道：「您忘了丁原、董卓的下場嗎？」呂布大怒瞪著劉備：「真是無信之人！」劉備未回話，倒是曹操已下令帶呂布下樓以絞刑吊死！呂布被拉下樓時，不住回頭看著劉備：「你不記得轅門射戟之事了嗎？」此時卻有一人高聲制止呂布：「呂布！死就死，怕什麼！」眾人循聲望去，見刀斧手押解著張遼上來。曹操一聲令下，把呂布吊死了。

曹操回頭看著張遼：「這人好面熟？」

只聽張遼朗聲說道：「當日在濮陽城中相遇，你忘了嗎？」曹操猛地想起：「喔！濮陽城！」那次戰役，曹操差點被燒死！只見張遼搖頭說道：「只是可惜！」

「可惜什麼？」

「可惜那天火不夠大，沒燒死你這個國賊！」

曹操大怒：「敗軍之將，還敢羞辱我？」拔起劍來

要親自殺了張遼。張遼毫無懼色，引頸待殺。這時，曹操身後一人攀住了他的手臂，一人則跪在了曹操面前，說道：「丞相且莫動手！」

自古英雄惜英雄，那攀住曹操手臂不讓他揮劍的人是劉備，而跪在曹操面前的則是關羽！關羽說：「素知張遼是忠義之士，我願以性命擔保他！」曹操其實也有愛才之意，便順勢笑說：「我也知道張遼是忠義之士，不過開個玩笑！」他親自為張遼解開繩索，脫下自己身上的外套為張遼披上，並邀請張遼一同上座。已經準備就義的張遼，一時感動莫名，便降了曹操。

呂布旗下還有臧霸，見張遼降了曹操，便也帶著殘餘士兵歸降。曹操封張遼為中郎將，封臧霸為瑯琊相。呂布既死，曹操把他的妻小送回許都安置。

三國演義

一第七章 曹操煮酒論英雄

話說曹操平了呂布回到許都，向天子表奏劉備等人的軍功。獻帝聽說劉備是中山靖王之後，孝景帝的玄孫，特地宣見劉備，並命人取了宗族家譜來看。照世譜排下來，劉備還是獻帝的叔叔呢！獻帝多災多難，好不容易見到親人，雖是遠親，也覺得親切無比，一定要請劉備到偏殿之上，行叔姪之禮。獻帝想著：「曹操弄權，國事都不由朕作主，現在有這一位英雄叔叔，未來或許可以依靠。」便封劉備為左將軍宜城亭侯，從此，世人便尊稱劉備為劉皇叔。

而志得意滿的曹操，則迫不及待要看看自己的威信如何。建安四年，曹操建議天子去郊外田獵，他想乘機探察群臣動靜，為自己日後封王作準備。獻帝不肯，他便搬出古之帝王四季均會出郊打獵，以宣示武力於天下的道理。獻帝不敢不從，便上了逍遙馬，帶著寶雕弓、金鈚箭，駕鑾車出了城。曹操帶領十萬兵馬跟隨，當軍士排開圍場，周廣二百餘里。曹操與天子並馬而行，只差一個馬頭的距離，二人背後皆是曹操的心腹，文武百官只敢遠遠的跟隨。

大夥騎馬來到射獵的許田，劉備上前向獻帝行禮

請安，獻帝說：「朕今天要看皇叔射獵。」劉備領命上馬，這時草叢中趕起了一隻兔，玄德一箭射出，正中那兔，獻帝大聲喝采。

　　一行人轉過土坡，荊棘中，士兵們又趕出了一隻大鹿。獻帝連射三箭都沒射中，尷尬的向曹操說：「丞相您射吧！」曹操便討了寶雕弓、金鈚箭，彎弓一射，正中鹿背，那鹿倒於草中。群臣只見到是金鈚箭，以為是天子射中了，都踴躍歡呼萬歲。曹操縱馬出來擋在獻帝前，接受了眾人的歡呼，眾人大驚失色。

　　這時劉備背後的關羽按捺不住，豎起他的臥蠶眉，提刀拍馬想要上前斬了無禮的曹操，劉備連忙制止。劉備打個圓場說：「丞相神射，世所罕見！」曹操得意笑說：「這都賴天子的洪福！」回馬向天子稱賀，卻不還弓，一路把寶雕弓佩帶在自己身上。

　　田獵後，眾臣回到許都。關羽問起劉備，那時為什麼不讓他殺了那欺君罔上的曹操，為國除害呢？劉備說：「投鼠忌器啊！曹操離皇帝只有一個馬頭遠，身邊又都是他的心腹大將，賢弟逞一時之怒輕舉妄動，如果事不成反傷了天子，豈不是你我的大罪了？」關羽兀自喃喃埋怨著：「今日不殺此賊，必有後禍！」劉備只得安撫他：「賢弟啊，有些事只能放在心上，不可輕易說出口。」

而獻帝一回宮，便傷心對伏皇后說道：「朕即位以來，奸雄並起，先受董卓之殃，後遭李傕、郭氾之亂，現在有了曹操，以為得社稷之能臣，怎想到他專國弄權，作威作福。朕每想到他，有若芒刺在背……」獻帝說得傷痛，想到田獵時曹操的囂張行徑更是悲憤。他看出曹操早晚會有圖謀天下的野心，便與伏皇后密商，召來董承，密賜錦袍玉帶，暗暗囑咐董承回到家裡仔細審視那玉帶。

　　董承在宮中好不容易躲過了曹操的盤詰，夜裡回到家，在燭光下將袍子仔細反覆看了，卻看不出所以然來，再檢視玉帶，縫得完完整整，並沒有什麼特別。董承怎麼也看不出端倪，伏在茶几上睡著了，忽然燈花落在玉帶上，燒著了背襯，他聞到焦味驚醒，那玉帶已經燒破了一個洞。董承著急擦拭，這才發覺玉帶裡藏著素絹，隱隱見到了血跡。

　　那是天子以血所寫的密詔。密詔上痛陳曹操弄權，又連結黨伍，敗壞朝綱，天下岌岌可危，希望國舅能感念高帝創業維艱，糾合忠義之士，殲滅曹操奸黨，復興漢室。董承看了那血書，涕淚交流，一整夜難以安枕。

　　董承受此重託，首先鼓動田獵歸來對曹操行徑也頗感不滿的工部侍郎王子服、長水校尉种輯、議郎吳碩、昭信將軍吳子蘭等至交立下文書，簽名誓言共誅

國賊。恰巧馬騰來訪，馬騰自從許田射獵歸來，也是義憤填膺，正要找董承共商救國，看到他拿出的密詔，更是讀得毛髮倒豎，恨不能立刻發兵攻曹。六人歃血為盟，但還需要更多忠義之士參與，於是馬騰想起了田獵中的一幕，料想劉備等人也對曹操不滿，只是當時時機不宜罷了。

　　第二天夜裡，董承身懷密詔來拜訪劉備。深夜來訪，劉備自然嗅到不尋常的氣氛，知道是要聯合他對抗曹操，劉備不敢貿然承諾，直到董承拿出獻帝的衣帶詔，劉備讀畢不勝悲憤，當場便在盟書上簽了名。

　　劉備自從在盟書上簽字，時時擔憂著若此事洩漏，必定會遭到曹操的謀害。為提防曹操察覺，他刻意過著與世無爭的生活。

　　他在後園種菜，親自澆水除草，享受田園之樂。關、張不明白劉備的用心，忍不住問道：「大哥不留心天下大事，為什麼做起這些微不足道的小事呢？」劉備也不多做解釋，仍舊每日在後園澆水灌溉。

三國演義

有一天，曹操派許褚、張遼來請劉備到丞相府。劉備心下驚慌，關、張又恰好不在身邊，只得硬著頭皮去見曹操。曹操一見到劉備就笑說：「在家做了大事啊！」嚇得劉備面如土色。曹操拉著劉備來到後園，說道：「學種菜可不容易吧？」原來說的是種菜，劉備這才放下心來，隨口說道：「無事消遣罷了！」

曹操說：「剛才見到枝頭梅子青了，忽然想到去年打仗時，路上缺水，將士們口渴，我心生一計，隨手一指說：『前面有梅林！』軍士們聽了，口裡分泌唾液，暫時就不渴了。現在見到這青梅，不可不賞，恰好家人正在煮酒，就想邀您來敘敘。」

兩人走到後園，亭中已擺好杯盤。一盤青梅，一樽煮酒，兩人便對坐、開懷暢飲起來。酒到半酣，忽然烏雲蔽天，像是要下雨的樣子。侍從指著遊龍一般掛在天上的卷雲，曹操問起劉備知不知道龍的變化？劉備說不知。曹操便侃侃談起了龍：「龍能大能小，能升能隱。大可以興雲吐霧，小則隱藏如無形。升可以飛騰在宇宙之間，隱則潛伏在波濤之中。以龍比世人，那可就是世之英雄了。玄德遊歷四方，一定知道當

今之英雄吧！何不說說？」

　　劉備說道：「憑我的肉眼，哪裡能識得英雄！」曹操非要他說，劉備只得隨口說了：「淮南袁術，兵糧足備，算是英雄嗎？」那時袁術雖自稱皇帝，但與曹操、劉備等人交手均大敗，曹操大笑：「袁術好比墳塚中的枯骨，早晚要擒他的！」劉備說：「河北袁紹，他的家世四世三公，門中又頗多大臣，現在盤踞冀州，部下能幹的菁英頗多，該算是英雄了吧？」曹操仍舊笑說：「袁紹表面威嚴，其實膽識不高，猶豫不決，想有作為又多慮怕事，不是真英雄！」

　　連袁紹都算不上英雄，劉備又說：「那麼威鎮八州的劉表是英雄嗎？」曹操答道：「劉表虛名無實，不是什麼英雄！」

　　劉備想到再有一人，「血氣方剛，江東領袖，孫策算是英雄了吧？」說到孫策，倒讓曹操停頓了一下，接著又說道：「孫策是仗著他父親的名聲起家，也算不得真英雄！」

　　劉備顧左右而言他，隨口湊數：「益州＊劉璋是英雄嗎？」曹操自然說不是。「那麼張繡、張魯、韓遂這些人呢？」曹操拍手大笑：「這些庸庸碌碌的小人，何足掛齒！」

＊益州：今四川一帶。

這也不是，那也不是，劉備想不出還有什麼人可說了，曹操卻說：「所謂英雄，胸懷大志，有包藏宇宙的智慧，有吞吐天地的志氣！」劉備問：「那麼究竟誰能當之無愧呢？」曹操以手指指劉備，又指指自己：「當今天下英雄，就是先生您和在下我了！」劉備一聽，吃了一驚，手裡的筷子不覺掉落在地；就在那當兒，雷聲大作，暴雨打下來了。劉備順勢從從容容撿起筷子，自言自語說：「這雷震得筷子都拿不穩了！」曹操忍不住笑了出來：「大丈夫竟然懼怕打雷？」劉備引用論語的話說：「連孔子遇到疾風雷雨，都會變臉色，人怎麼能不敬畏老天呢？」曹操點頭笑笑，不再說什麼。

劉備心中忐忑，席散返回住處之後，認真思索今後的去路，準備伺機而動。

這是建安四年，在北方的袁紹攻破了公孫瓚的地盤，公孫瓚自縊，全家火焚而死。袁紹聲勢大振，加上袁術因為驕奢淫逸，軍民反叛，想把帝號獻給袁紹，約定親自護送玉璽。劉備聽到公孫瓚已死，想起當初他對自己的推薦之恩，非常感傷；而人在曹營又坐立

難安，便想乘此機會脫離曹操的監視。

　　主意既定，劉備主動請求率領一支部隊，從徐州攔擊北上依附袁紹的袁術人馬。曹操立即撥了五萬人馬給他。劉備得到軍馬，一回到府中，立刻收拾、連夜出發，一刻都不容耽擱。關、張感到詫異：「兄長出征，怎麼急成這樣呢？」劉備說：「我是籠中鳥、網中魚，這一走，是魚入大海、鳥上雲霄，怎能不快？」

　　當郭嘉、程昱外出辦理錢糧之事回來，一聽到曹操竟派遣劉備帶兵馬去徐州，大驚失色，紛紛勸諫曹操：「這可是放龍入海、縱虎歸山呀！」但曹操後悔再要追回劉備，已經來不及了！

　　於是劉備領兵擊敗袁術，重新拿回徐州。而徐州百姓原就心向劉備，自是歡喜迎接。

第八章 關羽過五關、斬六將

劉備始終沒忘記與董承盟書上的約定，得到徐州之後，與勢力龐大的袁紹連結，圖謀共同對付挾持天子的曹操。

袁紹旗下多才子，他請建安七子之一的陳琳寫了篇討曹草檄，細數曹操的罪名，號召各方起兵合力討賊以扶漢室。那篇文章洋洋灑灑，曹操愛好文學，雖然自己是草檄中所指的「漢賊」，仍然忍不住問旁人：「這檄文是誰寫的？」旁人答道：「據說是出自陳琳之筆！」曹操笑說：「文筆是好，可惜袁紹的武略就不行了！」

檄文畢竟只是文攻，對曹操而言，重要的還是武力上見高下。為對付袁紹的大舉進兵，曹操引兵來到黎陽*，與袁紹兩軍相隔八十里，不過兩邊都很謹慎，各自深溝高壘，相持不戰，從八月一直守到年底皆按兵不動。其間，當年曾為李傕打過許多勝仗的賈詡，也來到了曹操陣營。

建安五年春節過後，董承眼看討伐曹操之事毫無

---

*黎陽：今河南濬縣。

進展，憂煩成疾，獻帝令太醫吉平前來醫治。

　　那日是元宵，董承留下吉平共飲。董承多喝了幾杯，和衣臥倒，睡夢中大叫：「操賊休走！」吉平上前喚醒他：「國舅想殺害曹公不成？」董承驚醒，無言以對。吉平安慰道：「國舅不必慌張，我雖不過是個醫生，未嘗忘記國家！如果能為漢室盡一己之力，即使滅九族也不後悔！」董承掩面而哭說：「只怕您不是真心！」吉平便咬下自己一根手指頭為誓。

　　於是董承取出衣帶詔，悲嘆：「雖有劉備、馬騰等人簽名誓約，卻是無計可施，一籌莫展！」吉平答道：「不必大動干戈，操賊的性命就在我手裡了！」董承不解，吉平說：「曹操有頭風的老毛病，有時一發病，簡直痛入骨髓，常召我入府醫治。下一回如召入府，我只要毒藥一帖，曹操必死無疑！」董承大喜：「那麼解救漢朝社稷，就仰賴先生您了！」

　　吉平辭歸後，董承心中暗喜，走入後堂，卻見到家奴秦慶童與侍妾雲英兩人在暗處鬼鬼祟祟似有私情。董承大怒，喚左右拿下這兩人處死，夫人不忍，不停勸說，於是董承各打四十下大板，並將秦慶童鎖在房中。秦慶童懷恨，半夜將鐵鎖扭斷，跳牆逃至曹府密告，說曾見到董承與王子服等人於府中商議機密，似是要謀害丞相，「今日更親眼見到家主拿出白絹一段與吉太醫看，不知寫著什麼，吉太醫還咬下一根手指

為誓！」曹操了然於心，將秦慶童藏匿起來。

　　第二天，曹操詐稱自己頭風又發作了，召吉平到府。

　　曹操臥在床上，請太醫開藥。吉平說道：「此病，這藥一帖便可痊癒！」便教人取藥罐來當面煎煮。藥煎半乾時，吉平暗下毒藥，親自送上。

　　曹操知道有毒，故意推遲不服。

　　吉平說：「趁熱服了，汗一出便可痊癒。」

　　曹操坐起說道：「您是讀書人，必知禮義。君有疾飲藥，臣先嘗；父有疾飲藥，子先嘗。您是我心腹之人，何不先嘗而後我再飲？」

　　吉平答：「藥是用來治病的，何須人嘗？」看曹操的神態，吉平心中明白，此事已經洩漏了，事已至此，索性大步向前，扯住曹操，想從耳朵把藥灌入。曹操一推，藥潑在地上，地磚竟然迸裂！曹操尚未發話，左右已將吉平拿下，帶到後園拷問。

　　曹操笑說：「你不過是個醫生，哪裡敢來下毒害我？必有人唆使你來。立刻說出那人是誰！」

　　吉平痛斥曹操：「你欺君罔上，天下人都想殺！豈止我一人？」

　　曹操再三盤問，吉平抵死不說。曹操大怒教人痛打。打了兩個時辰，吉平皮開肉綻，血流滿地。曹操怕打死了他便無可對證，先將吉平拘禁起來。

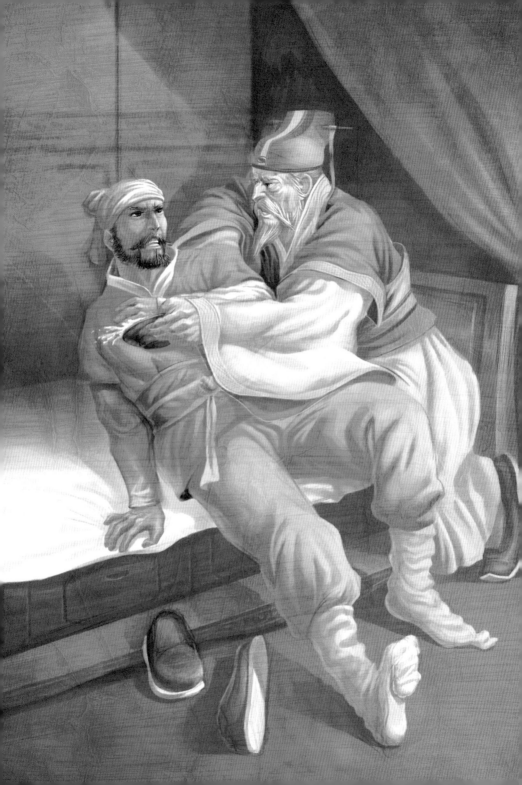

次日，曹操設宴請眾大臣飲酒，董承託病不到。隔日曹操帶領眾人至董承府探病，董承只得出來相迎。曹操問道：「國舅為何不來赴宴？」董承回說：「小恙未癒，不敢出門走動。」曹操說：「可是那憂國之病？」董承愕然。曹操說：「國舅知道吉平事嗎？」董承說：「不知。」曹操冷笑：「國舅怎會不知！」說著喚左右帶吉平上來。

獄卒將吉平帶到，吉平大罵：「曹操你這個逆賊！」曹操問吉平：「是誰教你來下藥毒我？快快招來！」吉平說：「是老天要我來殺逆賊！」

曹操大怒，教人再打。吉平身上已無完膚，董承看了心如刀割。

曹操又問吉平：「你原有十個指頭，如今為何只剩九指？」吉平答：「咬指以為誓，誓殺國賊！」曹操便教人取刀來，當下截去他另九根手指，說：「全都幫你截了好為誓！」吉平說：「我還有口可以吞賊，有舌可以罵賊！」曹操又令人割去他的舌頭。這時吉平氣若游絲說道：「且勿動手，我今日熬不過酷刑，只得招供，請先解下繩子。」曹操便令人為吉平解開綑綁。

吉平踉踉蹌蹌站起身，望天子宮闕的方向而拜：「臣不能為國家除賊，實在是天數啊！」拜完，一頭撞向臺階而死。曹操命人將吉平分屍以洩心頭之恨！

吉平已死，曹操教人帶秦慶童上來與董承對質，

三國演義

70

接著，命人從董承臥室搜出了獻帝的衣帶詔。董承、王子服等五人皆被滿門抄斬，牽連殺害達七百餘人。曹操餘怒未消，帶劍入宮要殺董承的妹妹董貴妃。那時董貴妃已懷孕五個月，伏皇后哀求曹操等待董貴妃分娩後再殺不遲，曹操反問道：「難道我還要留下逆種來，以後為母報仇？」立刻命人取來白布，勒死董貴妃於宮門之外。獻帝、伏皇后悲傷相擁，淚如雨下。

　　董承等五人雖已殺盡，但曹操沒忘記在討曹盟書上簽名的還有馬騰、劉備二人。馬騰據守西涼，實力雄厚，曹操不敢妄動，但劉備剛到徐州，軍心還不穩定，曹操決定先帶兵攻打劉備。

　　曹操帶領二十萬軍大舉來攻，劉備與張飛迎戰，留關羽守住下邳保護劉備妻小。無奈劉、張勢單人孤，中了曹操的埋伏，只得帶領少數殘餘兵馬投靠袁紹。

　　關羽獨力坐鎮下邳，同樣不敵曹操大軍，被逼至一座小山丘上，眼望著下邳城中火光沖天，城池已被曹操占領。而曹操自從親見關羽斬華雄那一役，就非常愛惜這個人才，派出當年關羽力薦保住性命的張遼來說降。張遼與關羽一向惺惺相惜，此時關羽不知道劉備、張飛去處，又肩負著保護兩位嫂嫂的使命，不得已之下，他提出了三個條件：第一，他只降漢帝，不降曹操；第二，須禮遇兩位嫂嫂；第三，他日如果知道劉備去向，不論千里，都要辭去，否則絕不投降。

前兩個條件，曹操沒意見，國家大權在他手裡，投降漢帝跟投降他自己沒有什麼差別；對劉備的夫人，更不妨加倍禮遇；可是，如果一知道劉備消息就要離去，那麼他留關羽有何用呢？張遼卻說：「劉備待關羽，不過是恩厚二字；如果丞相更加倍恩厚相待，還怕不能留住關羽嗎？」曹操想想言之有理，便答應關羽的約法三章。

　　第二天，曹操大軍班師回許都，關羽也收拾車仗，請二位嫂嫂上車，親自護送而行。曹操路上安歇旅店時，故意安排關羽和兩位嫂子共處一室，想讓關羽違反君臣之禮。誰知關羽卻秉燭站在門外守夜，令曹操更加敬服他的人品。

　　關羽到了許都，曹操百般討好籠絡。三天一小宴，五天一大宴，還送了十個美女去服侍他，關羽卻把她們全送去伺候兩位嫂嫂了。

　　有一天，曹操看關羽所穿的綠錦戰袍已經舊了，便送了一件以珍貴錦緞做的戰袍給他。關羽接受了，但是把新戰袍穿在裡面，外頭仍罩著舊袍。曹操笑他太節儉，他卻說：「我不是節儉，這舊袍是劉皇叔所贈，我穿著它就如同見到兄長！」曹操口裡讚美：「真是義士啊！」心中卻大為不悅。

關羽有一把又長又密又漂亮的鬍子，曹操特地送了他一個紗錦囊來保護長鬚。第二天，眾臣早朝見了獻帝，獻帝對關羽胸前的那個紗錦囊很感興趣，問那是做什麼的？關羽回答是丞相所贈保護長鬚之用。獻帝便命關羽把紗錦囊解下來給他看看。關羽當殿解開紗錦囊，長鬚過腹。獻帝驚嘆：「真是美鬚公啊！」從此世人便稱關羽為美鬚公。

又一天，曹操宴請關羽，席散時送到門口，曹操發現關羽的馬太瘦，問起：「你的馬為什麼特別瘦？」關羽答道：「我太重，把馬都坐瘦了！」曹操立刻令左右牽來一匹馬。那馬體態極雄偉，全身如火炭般赤紅，曹操問：「你識得這馬嗎？」關羽猜測：「莫非是那匹呂布所騎的赤兔馬？」「正是！」說著，曹操把鞍轡送到了關羽手上。關羽再三拜謝。曹操不解：「我送你美女、金帛，你從不曾下拜答謝，送馬給你，你卻喜得再三拜謝，難道人不如馬？」關羽說：「我知道這馬日行三千里，有了這馬，他日如果知道兄長的下落，只要騎上這匹馬，我一天便可以見到他了！」曹操愕然，感到又嫉妒又後悔，可是覆水難收，馬已經送給了關羽！

而劉備在袁紹陣營，久久不知道關羽及妻小的下落，十分不安，便慫恿袁紹攻打曹軍占領的徐州，順

便可打探消息。袁紹也正有意興兵破曹，派出大將顏良作先鋒攻打白馬城。大軍到來，東郡太守劉延緊急向許都求援，曹操召集眾臣商議對策。關羽受曹操厚愛，有意出戰報恩。但曹操認為還不必關羽出馬，便派出昔日呂布部下猛將宋憲出戰。

不到三回合，顏良手起刀落，斬宋憲於陣前。

曹操大驚：「顏良還真是猛將！」這時，魏續站出來自告奮勇要為宋憲報仇。魏續直奔陣前，一邊大罵顏良，話未說完，竟已一刀被顏良劈於馬下。接著徐晃出戰，打了二十回合，也是敗陣而回。

曹操一下子折了兩員大將，心中憂悶。這時程昱舉薦：「看來非關羽出馬不可！」曹操卻有顧忌，他實在太喜歡關羽，唯恐他一旦立了功，便可以理直氣壯離開曹營。程昱卻說：「劉備如果還在，一定是去投效袁紹。現在如果讓關羽破袁紹之兵，袁紹必懷疑劉備而殺他，劉備一死，關羽還能到哪去呢？」曹操大喜，馬上請關羽用兵。

曹操、關羽等人先來到山丘之上觀看顏良軍隊的陣勢。一眼望去，旗幟鮮明，嚴整有威，曹操嘆口氣：「河北人馬真是雄壯！」關羽卻不以為然：「在我看來，這些兵馬不過是土雞瓦犬之輩！」曹操又指著那麾蓋之下，穿著繡袍金甲的將領說：「那持刀立馬者，就是大將顏良了！」關羽看了看：「在我眼中，那人簡

直就是插著標籤準備要出售首級！」曹操正色說：「不可輕敵！」關羽起身說道：「某雖不才，願去萬軍之中取他的首級來獻給丞相！」說著跨上赤兔馬，倒提青龍偃月刀，奔下山來，直衝敵陣。

關羽一路飆進袁紹的河北軍隊，就好像波浪從中裂開。顏良見一馬衝來，才要問來者何人，關羽已經衝到面前，顏良措手不及，關羽一刀揮出，顏良已墜落下馬。關羽割了首級拴在馬頸下，又飛身上馬，提刀出陣，如入無人之境！河北兵將大驚，已經不戰自亂。曹軍乘機攻擊，大勝一場。

關羽縱馬回到山丘上，獻上顏良首級。曹操嘆服：「將軍真是神人啊！」關羽隨口說道：「這有什麼！若是我三弟張飛，在百萬軍中取上將的首級，不過就像探囊取物一般容易！」曹操忙向身邊的人說道：「今後如果遇到張飛，千萬不可輕敵！」還命令他們寫在衣袍底下，免得把這名字給忘了！

顏良的部下逃回營寨報告袁紹，說顏良將軍被一個紅臉長鬚的人使一把大刀給斬首了。袁紹大驚失色：「那是什麼人？」沮授說：「那一定是玄德的二弟關羽！」袁紹大怒，指著劉備痛罵：「令弟殺我愛將，想必你跟曹操勾結，我留你何用？」劉備心中驚訝，仍然不慌不忙說道：「明公您只聽一面之詞，卻不念您我舊情嗎？劉備自從徐州被奪，兄弟皆分散，二弟是否

尚在人間都不知曉，世間外貌相似者不少，怎麼見得紅臉長髯的就是關某？何不先把事情弄明白呢？」

　　袁紹是個沒主張的人，一聽劉備這麼說，也覺得言之成理，便仍請劉備上座，商討報仇之計。這時有人朗聲說道：「顏良與我情同兄弟，今被曹操所殺，我怎能不為他報仇雪恨！」劉備留意此人，身長八尺，容貌剽悍，正是河北名將文醜。袁紹大喜，這時劉備也表明願意與文醜同行，一來報答袁紹的恩情，二來想探查關羽的下落。文醜卻不屑說道：「劉備是屢敗之將，不吉利，若要同行，請他殿後。」於是文醜領七萬軍士先行，劉備帶三萬士兵隨後。

　　文醜大軍來到，張遼、徐晃飛馬出戰。文醜見二將趕來，拈弓搭箭，射向張遼，張遼低頭急躲，一箭射中頭盔。張遼再度追趕，不料座下的戰馬被文醜射中，那馬前蹄跪倒，張遼落下地來。幸而徐晃趕到，攔截住文醜的攻勢，但文醜後面大批軍馬來到。徐晃等人只得先撥馬退走。文醜沿著河一路追殺，忽然十餘騎浩浩蕩蕩衝過來，當頭的將領，提刀飛馬，正是關羽！關羽大喝一聲：「賊將休走！」戰不到三回合，文醜心中膽怯，撥馬往回走，關羽快馬趕上，從腦後一刀，把文醜斬下馬來！關羽乘勝追擊之際，劉備領三萬兵馬也已趕到。前哨兵回報劉備：「這次又是那個紅臉長髯的斬了文醜！」劉備縱馬奔來隔河一望，只

見對岸人馬旗上寫著「漢壽亭侯關雲長」七個字。劉備暗暗感謝天地，雲長尚在人間！但未能與雲長相見，曹兵已經趕來，只得暫且收兵回去。

　　劉備回到袁紹營寨，袁紹卻大怒命人推出去斬了。劉備嘆道：「明公先聽我說明再殺不遲。曹操一向對我顧忌極深，知道我在明公處安身，特意派遣雲長誅殺二將，知道明公一定震怒。這是借您之手來殺劉備，願您深思！」袁紹想想有理，便又請劉備上座。劉備感動說道：「承蒙明公寬容大恩，無以回報！我想命一心腹，帶密信去見雲長，讓他知道我的消息，雲長必定連夜趕來。有他輔佐明公，還怕報不得顏良、文醜之仇？」袁紹轉怒為喜：「若能得到關雲長，勝顏良、文醜十倍！」於是劉備修書一封，讓心腹祕密送去給關羽。

　　劉備那信寫道：「當年桃園結義，誓言同生共死，為何今日割恩斷義呢？」關羽接信痛哭失聲，當下決定辭別曹操，帶著兩位嫂嫂去尋找劉備。

　　關羽是行事磊落之人，即使要離開，也走得光明正大。他馬上奔赴相府辭別曹操。但曹操知道關羽來意，故意在門上掛起了不見客的迴避牌。關羽

悶悶不樂的回去，仍一邊收拾車馬，留下所有曹操賜贈的物品，分文都不帶走。第二天，又到相府拜別，門上還是掛著迴避牌。

關羽一連去了幾次，都見不到曹操，轉而去找張遼，但連張遼都託病不見。關羽明白這是曹操不肯放他走之意，但他去意已堅，便寫了一封信辭謝曹操，信中說道：「新恩雖厚，舊義難忘，丞相的恩德，望來日再報。」他把所有金銀財物封置庫中，且將漢壽亭侯的綬印懸掛在堂上，然後請二位嫂嫂上車，自己騎上赤兔馬，手提青龍偃月刀，只帶著舊日自己的隨從，一行人從北門離開了京城。

關羽封金掛印出走之事，馬上有人通報曹操。眾臣面面相覷，這時，一向就不服關羽的蔡陽自告奮勇要去追趕，生擒關羽獻給丞相。曹操阻止了：「當初既然約法三章，便不應失信。」其實曹操也知道，要生擒關羽，談何容易？趁著關羽尚未走遠，不如去送送他，做個順水人情吧！於是曹操率張遼等部將縱馬追來。

關羽聽見背後呼喊，勒住赤兔馬，回頭按住青龍偃月刀立馬在橋上，看眾人手上並沒有兵器，這才放心。曹操贈金作為盤纏，關羽不接受，曹操又贈錦袍一件，關羽恐怕有詐不敢下馬，用青龍偃月刀尖挑起錦袍披在身上，向曹操稱謝後便下橋往北而去。許褚

生氣的說道：「此人實在太無禮！」曹操嘆口氣，「他一人一騎，面對我們數十人馬，怎能不保持警覺？」

關羽別過曹操，護送嫂嫂一行，天晚來到一個村莊安歇。莊主是個白髮老者，一聽見是斬顏良、文醜的大英雄來到，忙請入莊裡歇息。這老者姓胡名華，在桓帝時曾任議郎，年老辭官歸鄉，但仍關心天下大勢。他聽到關羽將前往河北，便寫一封信，請他路經滎陽時交予么兒胡班。

安歇了一晚，關羽一行人來到東嶺關。把關人孔秀帶著五百名士兵於嶺上把守。聽到關羽是往河北去，那河北袁紹正是曹操的對頭，便問關羽：「將軍此去，定有丞相准予通行的文憑？」關羽說：「因為匆忙，不曾討得。」既然沒有文憑，孔秀說那麼必須等差人稟報過丞相才能放行。關羽急欲過關，何況心裡也明白，曹操必是不願放行才未給通行文憑。兩人爭執不下，孔秀說：「你要過去，須留下老少作為人質。」關羽大怒，舉刀來砍孔秀。兩馬交戰，不過一個回合，孔秀已屍橫馬下。眾軍四下奔逃，關羽朗聲說道：「大家莫走！我殺孔秀，是情非得已！請眾軍為我傳話給丞相，說明是孔秀要害我，因此殺他。」眾軍皆拜服於馬前。

關羽繼續向洛陽進發，早有軍士報知洛陽太守韓福。韓福也想擒拿關羽，故意讓孟坦出馬佯裝打敗，

三國演義

引誘關羽來追，韓福便可在城門上以暗箭射他。若能將關羽捉住送回許都，必能得到重賞。不過，孟坦根本不需要詐敗，才撥馬往回走，關羽的快馬已經趕上他，只一刀就把孟坦砍為兩段。關羽勒馬回來，韓福在城門上盡力射了一箭，正射中關羽左臂。關羽用口拔出那箭，不顧臂上血流如注，衝向韓福，手起刀落，帶頭連肩的把韓福斬於馬下。

關羽隨手割塊布裹住箭傷，又恐路上遭到暗算，不敢耽擱，連夜快馬來到沂水關。把關的將軍卞喜，原是黃巾餘黨投降曹操，知道關羽將到，也有一計對付。他在關前的鎮國寺裡埋伏兩百名刀斧手，準備把關羽誘到寺中歇宿，再乘機加害。

鎮國寺是漢明帝時的御前香火院，寺中有一位僧人，法名普淨，是關羽的同鄉，見了關羽，一邊敘舊，一邊暗指自己所佩戒刀向關羽使眼色。關羽會意，表面上仍然不動聲色。卞喜在法堂為關羽一行人備了筵席，關羽早已望見屏風後面藏了刀斧手，故意問道：「卞君請關某，是好意？還是歹意？」卞喜還來不及回答，關羽大喝一聲：「我以為你是好人，沒想到竟敢如此！」卞喜知道關羽已經看出苗頭不對，便大喊一聲：「來人下手！」左右侍衛才想動手，就已經被關羽迅速砍倒。卞喜繞廊而逃，一邊暗取飛鎚擲打關羽，被關羽用刀格開，而後一刀劈下，把卞喜劈為兩段。

關羽把軍士盡皆趕散了，卻也不敢多做停留，謝過普淨，便又護送車仗向前進發。

一行人來到滎陽，滎陽太守王植是韓福的親家，這時已經聽到關羽殺了韓福的消息，便與下屬研究如何為韓福報仇。王植殷勤的將關羽一行人迎進城中驛館裡安歇，想請關羽赴宴。關羽婉謝不去。那晚，王植密喚胡班聽令，召集一千兵士圍住驛館，一人一個火把，到三更時分，一起放火，不論是誰，全部燒死。胡班領命，點起軍士，暗中將乾柴、引火之物搬到驛館周圍待命。

胡班久聞關羽英雄之名，卻不知他長什麼模樣。那晚便悄悄到驛館外窺探。只見關羽在前廳，坐在燈下，左手撫著長髯，右手拿著書，正靜靜的讀書。胡班一看，失聲嘆息：「真天人啊！」這聲息驚動了關羽：「什麼人？」胡班只好進廳拜見，自報身分：「滎陽太守部下胡班。」「莫非是許都城外胡華之子？」「正是！」關羽忙喚侍從取出家書交付胡班。胡班看了信，說道：「我險些誤殺了忠良！」於是把王植的陰謀告訴關羽。關羽大驚，連忙披掛上馬，請二位嫂嫂趕緊上車，出了驛館，果然看見所有軍士手拿火把，氣氛頗不尋常。胡班放走了關羽，故意仍去放火。不過關羽走不到幾里，王植已經察覺追了上來，他挺槍直奔關羽，立刻被關羽攔腰一刀，砍為兩段。

關羽等人馬不停蹄來到滑州時，太守劉延試圖阻止，說前面就是黃河渡口，由夏侯惇部將秦琪據守，恐怕不會讓他們渡河。關羽不理會，繼續前行，來到黃河渡口，秦琪帶兵就等在那兒！秦琪是蔡陽的外甥，他問關羽：「你只殺得無名小將，敢殺我嗎？」關羽看看他：「你比得上顏良、文醜嗎？」秦琪大怒，縱馬提刀，衝向關羽，才一回合，關羽刀一出，秦琪的頭已經落地。

關羽連過五關，斬了六名將領，正準備渡河，只要過了河便是袁紹的轄境了。這時卻見劉備的謀士孫乾趕來，說：「袁紹多疑，劉皇叔已離開河北，打算前往汝南與劉辟、龔都等人聯合對付曹操，恐將軍不知，到袁紹處反而被袁紹所害，特命我在此路迎接將軍，將軍可速往汝南與皇叔相會！」

於是關羽與孫乾一行同往汝南。行進之間，背後塵埃揚起，一批人馬趕來，當先的一人大喊一聲：「關某休走！」竟是曹營大將夏侯惇。

夏侯惇大喝一聲：「你一路殺人，斬我的部將，實在太無禮！我特來捉你，獻給丞相發落！」正要拍馬上前大戰關羽，後面一騎飛奔而來。那人從懷中取出公文，說丞相敬愛關將軍忠義，特遣送來公文，勿加攔截。夏侯惇卻問來人：「丞相可知道關某一路殺死把

三國演義

84

關將士？」來使說：「這倒不知。」夏侯惇便執意再戰，兩人刀來槍往沒幾回合，又一騎奔來。仍然是送通行公文，夏侯惇說丞相未知關某殺人，不可放去，指揮手下軍士把關羽團團圍住。關羽大怒，舞刀迎戰。兩邊正要交鋒，陣後又一聲大喊：「雲長！元讓！不可爭戰！」眾人回頭看，原來是與關羽交情最好的張遼。

　　張遼說：「丞相已知雲長斬關殺將之事，恐怕再遇阻撓，特差我來傳諭各處關隘放行！」夏侯惇只得勒馬退下。

　　張遼問：「雲長將往何處去？」關羽說：「聽說兄長已不在袁紹處，我將遍天下尋找他。」張遼不捨關羽離去：「既然不知玄德下落，不如先回去見丞相如何？」關羽笑了起來：「哪有再回去的道理！還請將軍回去見了丞相，為我謝罪。」說罷，兩人拱手而別。從此，關羽、張遼兩人在時代大勢之下，就是各為其主的敵人了！

第九章 孫權*坐領江東，曹操統一北方

　　關羽、孫乾等人一路往汝南尋找劉備下落。在芒碭山古城遇上了失散後落草據城的張飛。張飛想那關羽無義降了曹操，還封侯賜爵，現在一定是來掃蕩他的，揮起他的長矛便要與關羽決一死戰！關羽百口莫辯，恰好蔡陽帶兵前來要為秦琪報仇，關羽出戰，一刀便殺了蔡陽，張飛這才信了關羽的話。這時孫乾護送二位夫人來到，二位夫人說起失散後關羽經歷的種種遭遇，張飛不禁放聲大哭起來，拜倒在關羽面前。

　　關羽安置了二位嫂嫂，離開古城，到處打聽劉備的下落，終於在荊州邊界找到了劉備，二人帶著這一路上收容的黃巾舊軍周倉、裴元紹及關羽在關定莊收的義子關平等年輕小將，經臥牛山前往古城與張飛會合。

　　關羽令周倉、裴元紹做前行軍。不久，卻見周倉帶著傷狼狽奔回，說在臥牛山前有一將單騎飛來，與裴元紹交鋒，只一回合就刺死裴元紹，其他人都投降他了。周倉與他交戰，被他連勝數次，身中三槍。劉備問：「此人什麼模樣？姓甚名誰？」周倉說：「極其

雄壯，不知姓名。」劉備感到疑惑，便一同來到臥牛山，周倉到山下叫罵，把那人激下山來。遠遠只見那人全身披掛，持槍快馬，英姿不凡。劉備大喊：「來者莫非子龍*？」那人見了劉備，馬上滾鞍下馬，拜服在道旁！

劉備大喜過望，邀趙雲結為兄弟，一同打拚天下。趙雲歡喜說道：「若能相隨，就算肝腦塗地也不遺憾了！」當天便燒了山寨，率領眾人隨劉備赴古城。

劉、關、張三人在古城重新聚首，別後相見恍如隔世，無限感嘆，他們殺牛宰羊，先拜謝天地，然後遍勞諸軍。

劉備不但三兄弟重聚，又新得了四弟趙雲；關羽則得了關平、周倉二將，

*孫權：字仲謀，生得方面大口，碧眼紫鬚，被稱為「碧眼兒」。
*子龍：趙雲的字，身高八尺，外貌雄偉，性情雍容大度。原本在公孫瓚旗下，當年劉備依附公孫瓚時兩人相識，劉備便對趙雲讚賞不已。後來趙雲看出公孫瓚胸無大志，遇事往往只顧自己，不是可以依附的明主，便以兄長過世請喪假回鄉為由離開了公孫瓚；而公孫瓚也因不聽人言，終於兵敗自焚。趙雲一心想投效劉備，袁紹幾次想要招攬都被他婉拒，沒想到劉備幾經周折卻去了袁紹底下，那時關羽又歸了曹操，趙雲無所適從，便四處飄零，在臥牛山招兵買馬，以待時機。

從此平、倉二人跟隨關
羽左右，出生入死。劉備
招軍買馬，整備了四、五千
兵馬，有了一支小小的軍隊。
他們即將在未來的亂世中，開
創一番新的局面。

那時曹操、袁紹均恨劉備投
靠而又出走，但一時不認為劉備
是最重要的敵人；倒是曹操、
袁紹這兩大勢力之間似乎一
定要分個勝負才能罷休。雙方都想要拉攏盤踞
江東的孫策，然而這時江東卻發生了驚天動地的大事。
　　孫策企圖心極強，吳郡太守許貢暗暗遣使到許都，
上書曹操，說孫策驍勇，建議曹操把他召到京師，以
絕後患。那使者被邊防捉到，孫策讀信大怒，絞殺了
許貢，沒想到卻引來了殺身之禍！
　　當時有三位友人在許貢家作客，許貢家屬四散逃
命之際，這三人卻謀劃要為許貢報仇。他們守在孫策
經常打獵的山上樹林之中，等到孫策經過，搭弓射中
孫策的面頰。孫策拔下那箭，取弓回射，一箭射死放
箭之人，這時孫策手下程普趕到，把另二人砍為肉泥。
但孫策已經血流滿面。

三國演義

孫策受傷而回，馬上央請神醫華佗來醫治，不巧華佗已前往中原，只有徒弟留在江東。華佗的徒弟察看傷口，那箭頭塗有劇毒，毒已入骨，必須靜養百日，千萬不可生氣發怒。但孫策為人最是性急，恨不得第二天傷就好了，哪裡能等到百日！

孫策休養了二十餘日，聽到派出的使者從許都回來，便傳使者問話。使者說：「曹操及帳下謀士都很懼怕主公，唯有郭嘉不服。」孫策問道：「郭嘉怎麼說？」使者不敢說，孫策定要他說，使者只得戰戰兢兢據實以告：「郭嘉對曹操說，主公您不足懼，說您『輕而無備，性急少謀，乃匹夫之勇，他日必死於小人之手』！」孫策勃然大怒：「郭嘉那匹夫竟敢如此評斷我！我今誓取許都，絕不罷休！」孫策已沒有耐心等待瘡傷痊癒，立刻就要發兵攻曹。張昭趕緊阻止，說袁紹正有意連結東吳攻曹，不妨等到主公身體復原了再合作攻曹不遲。

孫策卻等不到那一天了，他因急怒攻心，日漸憔悴，不多日，傷口大出血，臨終前，把張昭、弟弟孫權等人召到臥榻前，託付張昭在他死後輔佐孫權，然後把印綬交給了孫權，對孫權說道：「軍事方面，你不如我；但舉賢任能，我卻不如你。念在父兄創業維艱，你一定要舉賢任能，好好保住江東！」孫權大哭，拜受印綬。

孫策又勸母親不要太過悲慟，孫母哭道：「恐你弟弟年幼，無法擔當大任。」孫策對母親說道：「弟弟才能勝我十倍，足當大任。如果遇到無法決斷之事，內事不決問張昭，外事不決問周瑜！」孫策更對諸位弟弟殷殷叮囑必須同心輔佐孫權，不得骨肉相殘。最後囑咐妻子喬夫人孝養尊姑，要她請妹妹小喬轉告周郎＊盡心輔佐孫權，不要辜負了他相知的情分。

　　獨力打下江東一片江山的小霸王孫策，在一一交代之後，瞑目而逝，這一年是建安五年（西元200年），他二十六歲。而這一年，孫權年僅十八。孫權繼承父兄家業，統領江東，文的方面有張昭輔政，武的方面，則由周瑜統領將士。

　　周瑜更為孫權推薦了一位胸懷韜略且性情慷慨敦厚、能文能武的賢達之士——魯肅，魯子敬。魯肅為孫權謀劃了「立足江東，靜觀其變，進伐荊州劉表，以長江為屏障，觀天下之勢，進可攻、退可守，日後建號帝王」的長期戰略。孫權大喜。

　　孫權努力網羅賢才，安撫百姓，從此威震江東，深得民心。

　　而在東吳勵精圖治期間，袁紹、

曹操則發動了官渡*之戰。

建安五年，袁紹決心與曹操決一雌雄，率領七十萬大軍向官渡進發，部下田豐、沮授先後勸諫，田豐差點被斬，幸好眾官幫他求情，才得以免死；沮授則對袁紹說道：「我軍雖眾，勇猛不及曹軍，但曹軍糧草卻不如我軍。所以曹軍無糧，利在速戰；我軍有糧，宜且緩守。不如拉長時間，讓曹軍不戰自敗！」袁紹一聽沮授說我軍不如曹軍勇猛，大怒將沮授鎖禁起來，帶領七十萬大軍，浩浩蕩蕩抵達官渡，四周安營長達九十餘里。

曹操引領七萬軍馬前往官渡迎敵，留荀彧駐守許都。當探子回報敵軍的虛實，眾人聽聞袁軍之眾，不免心驚，但荀攸對曹操說道：「袁軍雖多，並不足懼！我軍皆是精銳之士，無不是以一當十，但最好能速戰速決。如果遷延時日，恐怕糧草不足，卻是一大隱憂！」荀攸所言，正合曹操心意，於是傳令諸將，即刻鼓噪前進！

---

*周郎：即周瑜。孫策、周瑜分別娶了江東名門喬家二女，世人稱大喬、小喬。
*官渡：在黃河以南，距許都兩百里。

袁軍不僅人多，且武器、糧草俱足。首戰先以審配率弓弩手埋伏兩側，曹軍衝陣時，兩側萬箭齊發，殺得曹軍大敗。而後幾場戰役，曹軍漸漸退為守勢，軍糧已所剩不多。曹操派使者回許都，命荀彧盡速籌措糧草。

　　那使者走不到三十里，卻被袁軍捉住，綁起來去見謀士許攸。許攸年少時曾與曹操為友，當下搜出使者身上的曹操催糧信，便趕緊去見袁紹。許攸向袁紹獻計：「曹操屯軍官渡，與我軍相持已久，現在許都必空虛。若派一支軍隊，連夜襲擊許都，當可拿下許都。今曹操糧草已盡，正可乘此機會，兩路分襲，擒拿曹操！」袁紹卻擔心：「曹操詭計極多，這信恐怕是誘敵之計！」正猶豫間，忽有使者呈上前往冀州鄴郡運糧的審配來書，信中說道：「許攸在冀州時曾濫收民間財物，且縱令子姪輩多課稅錢中飽私囊，現已收押許攸子姪下獄！」袁紹讀了信，痛罵許攸濫行收賄，加上許攸是曹操舊識，認定他是奸細，大怒將許攸逐出：「今後不再相見！」

三國演義

　　許攸出來，仰天大嘆：「忠言逆耳，這小子不配我為他謀略！今日我的子姪已被審配下獄，我還有何面目見冀州父老？」正要拔劍自刎，被左右攔下勸道：「先生何必輕生？袁紹不納直言，今後必被曹操所擒。先生既與曹操有舊誼，何不棄暗投明？」三言兩語，

點醒了許攸。當夜許攸便投奔曹操營寨。

許攸告訴曹操，自己曾對袁紹獻兵分兩路、首尾相攻之計，曹操失色：「若袁紹用您的計策，我必敗無疑了！」

曹操向許攸問計。許攸先問道：「丞相現在尚有多少軍糧？」曹操說：「可維持一年。」許攸笑說：「恐怕未必！」曹操說：「還有半年。」

許攸拂袖而起，走出帳外說道：「我以誠相投，而您卻欺瞞我，還有什麼好說！」曹操挽留：「不瞞您說，軍中糧食其實只能支應三個月了。」許攸笑道：「世人都說曹孟德是奸雄，今日一見，果然不假！」曹操不禁笑說：「沒聽過嗎？兵不厭詐！」於是靠近許攸耳邊低聲說道：「只剩這個月的軍糧了。」許攸大喝一聲：「別再瞞我！糧草已盡是吧？」曹操愕然：「您怎會知道？」許攸這才拿出他從使者身上搜出的催糧信。曹操大驚，握住許攸的手請教良策。於是許攸透露袁紹軍糧均屯積在烏巢，把守烏巢的淳于瓊好酒，只要能引開淳于瓊，乘機燒掉糧草，那麼袁紹軍不要三天便會大亂！曹操當即採納許攸之計，各路人馬派定，當晚

便向烏巢進兵。

拘禁在軍中的沮授，夜觀星象，預感大禍臨頭，連夜求見袁紹，提醒他須防烏巢遭劫。袁紹醉臥中聽到沮授又來長他人的威風，揮袖斥責：「你這待罪之人，竟又敢妖言惑眾！」喚人再把沮授關押起來！沮授掩淚而嘆：「我軍亡在旦夕，我的屍骸不知將流落何處？」

當夜，烏巢火焰四起，所有糧草全被曹軍燒盡。袁紹大驚，這時郭圖獻計，說：「曹軍劫糧，曹操一定親自督軍，曹寨必定空虛；可乘機派兵攻打曹營，曹操聽到，必定速速返回，這是孫臏『圍魏救趙』之計！」張郃阻止說：「萬萬不可！曹操多謀，不會沒想到派兵留守。」郭圖堅持：「曹操只顧劫糧，哪裡會留兵在本營！」再三請發兵攻曹營。袁紹聽從郭圖，派張郃、高覽各帶五千兵前往官渡襲擊曹營。

曹操早已有準備，以夏侯惇、曹洪、曹仁分三路軍回擊，殺得袁軍大敗。這時郭圖恐怕張郃、高覽回營後追究責任，先在袁紹面前進讒言，說：「張郃、高覽見到主公敗戰，心中一定大喜。」袁紹不解。郭圖

95

說：「這兩人早就有降曹之意，今日擊曹，故意不肯用力，以致折損了士兵。」袁紹果然大怒，派人緊急召回張、高二人。郭圖又先遣人向張郃、高覽報信說：「主公準備殺你二人！」等到袁紹使者來到，高覽問使者：「主公為何召喚我們？」使者答：「不知何故。」高覽便拔劍斬了來使。張郃大驚，高覽說：「袁紹聽信讒言，一定會被曹操所擒，我們豈能坐以待斃？不如先去投降曹操吧。」兩人便領了兵馬，逕投曹營而去。

張郃、高覽來到曹營，倒戈卸甲，拜伏於地。曹操忙將二將扶起，大嘆：「袁紹如果肯聽從二位將軍之言，怎至於兵敗！」當即封張郃為偏將軍都亭侯，封高覽為偏將軍東萊侯。

袁紹先後失去了許攸及張郃、高覽，烏巢糧倉又被焚毀，軍心惶惶。這時許攸力勸曹操速速用兵，張郃、高覽自請作先鋒，當夜三更時分，出軍三路，攻打袁紹營寨，大戰到天明，袁紹軍隊折損大半。曹操謀臣荀攸獻計：「我軍可放話，說今分二路人馬，一路攻鄴郡，一路取黎陽，斷袁紹歸路。袁紹必定驚慌，分兵抵抗，我軍再趁袁軍出動救援後，發兵襲擊本營，必可大破袁紹！」

三國演義

果然袁紹一接獲報信，急遣二路人馬前往救援鄴郡、黎陽。這時曹操大隊軍馬，分八路直衝袁營。袁軍措手不及，四散奔走，潰不成軍。袁紹甚至來不及披甲，匆匆上馬，帶著三子袁尚，拋棄所有圖書、車仗、金帛，僅有八百餘騎隨行渡河逃走。曹軍大勝，搜括了所有財物。這次大戰，殺戮八萬餘人，黃河渡口血流滿溝，更有溺水死者不計其數。

　　袁紹軍奔逃至黎陽北岸，潰散的軍隊聞說袁紹仍在，又重新會聚。袁紹帶著殘存軍馬回到冀州，卻是心煩意亂，意氣消沉，漸漸不理政事。而曹操大勝之後則更整頓軍馬，準備乘勝追擊。

　　不久，袁紹次子袁熙從幽州帶兵六萬，長子袁譚從青州帶兵五萬，外甥高幹也從并州領兵五萬，三路兵馬來到冀州要為袁紹助戰，力圖反攻曹操。曹操則以「十面埋伏」之計應戰，埋伏十隊軍兵把袁紹引誘追至河上。袁軍逃到倉亭，已經人困馬乏，袁紹與三個兒子不禁抱頭痛哭以致昏倒，救醒之後，卻口吐鮮血不止。驚懼交加的袁紹只得命袁譚、袁熙、高幹等人各自回去收拾兵馬，自己則帶著袁尚回冀州養病。

　　袁紹從此一蹶不振，養病至建安八年，曹操又來攻打，袁尚出戰，大敗而回。袁紹悲痛至極，舊病復發，臨終前妻子劉氏問由誰繼承？袁紹以手指了袁尚便吐血而死。袁尚是劉氏所生之子，兩位兄長皆為不

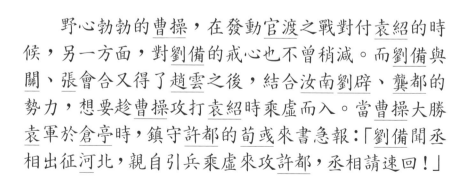

同夫人所生，為了繼承人的選擇，袁府早已雞犬不寧，袁紹一死，好妒的劉氏不但將袁紹喜愛的五位寵妾殺死，還剃掉她們的頭髮、刺面、毀屍，讓她們的陰魂，連到陰間都沒辦法跟袁紹相認！

袁紹一死，曹操馬上帶兵攻打袁尚，一舉殲滅了整個袁軍。袁尚逃往幽州投奔袁熙而去。

曹操在拿下冀州之後，陸續一步步除掉了袁譚、袁熙、袁尚，平定了遼東，也統一了整個北方，成為版圖最大的一方之霸。然而在北征的途中，黃沙漠漠裡，曹操最倚重的幕僚郭嘉卻因水土不服染病而死，那年郭嘉只有三十八歲。曹操大慟說道：「郭嘉死，乃天喪我啊！」

野心勃勃的曹操，在發動官渡之戰對付袁紹的時候，另一方面，對劉備的戒心也不曾稍減。而劉備與關、張會合又得了趙雲之後，結合汝南劉辟、龔都的勢力，想要趁曹操攻打袁紹時乘虛而入。當曹操大勝袁軍於倉亭時，鎮守許都的荀彧來書急報：「劉備聞丞相出征河北，親自引兵乘虛來攻許都，丞相請速回！」

曹操對劉備不敢大意，親自帶大軍前往汝南迎戰劉備。

　　劉備先派出趙雲與許褚交戰三十回合，不分勝負，這時東南方關羽、西南邊張飛二路衝來，三軍會合，曹軍遠來疲困，不能抵擋，大敗而走。

　　劉備得勝了一回，次日卻中了曹操聲東擊西之計，而劉辟、龔都均被殺害，敗軍剩不到一千人，被曹軍追殺，狼狽奔逃到漢江邊。當地人一聽到是劉皇叔的軍馬，紛紛奉獻羊酒，眾人聚飲在沙灘之上。

　　望著滔滔江水，劉備看看身邊各個都是英雄，不禁嘆氣說道：「諸君都是輔佐君王的將才，卻不幸跟隨於我。劉備時運不濟，連累諸君，今日只怕連立足之地都沒有了，我恐怕擔誤了諸君前程。各位不如棄我各自去投明主，以取功名吧！」

　　這時，關羽出言勸慰：「昔日高祖與項羽爭天下，失敗了多少次？但在最重要的九里山之役一戰成功，開了我大漢四百年來的基業。勝敗乃是兵家常事，怎可灰心喪志！」孫乾則說道：「成敗有時，不必傷心。此地離荊州不遠，劉表坐鎮荊州九郡，兵強糧足，劉皇叔不妨先去投效漢室本家劉表吧？」

於是劉備等人來到荊州。劉表大表歡迎，其妻舅蔡瑁卻覺得不安，對劉表進讒言，說：「劉備先從呂布，後事曹操，近投袁紹，可見這人反反覆覆，不值得相信。今若接納劉備，一定引起曹操來攻！」但劉表久聞劉備仁德，不僅不顧蔡瑁反對，甚至親自出城三十里迎接劉備。而曹操這時正是大軍要攻掠袁紹之時，暫時也就管不了劉備了。

第十章　劉備三顧茅廬

　　建安十二年，曹操統一了北方，他與群臣在冀州城東邊樓上仰觀天文，忽見一道金光從地而起，循著那金光，竟在附近掘出了一尊銅雀。荀攸說這銅雀是曹公稱雄天下的吉祥之兆。曹操開懷不已，命人大興土木，建造高臺來慶賀。這座高臺一年後落成，命名「銅雀臺」，成為曹操最志得意滿時的象徵。

　　建安十二年，對劉備而言，則是一生命運轉捩的一年。

　　劉備雖有關、張、趙等英雄相伴，一路卻是勝少敗多，始終寄人籬下。在投靠劉表期間，雖頗得劉表的禮遇，甚至給他一支部隊，讓他駐紮在新野，平日可練兵不致荒廢武事，但卻受到劉表之妻蔡氏的疑忌。

　　那時劉表身體日漸衰弱，感到來日不多。他的長子劉琦是前妻陳氏所生，劉表寵愛蔡氏及蔡氏所生幼子劉琮，有廢長立幼之心，卻感到不合倫常；若立長子，又擔心蔡氏家族皆掌握軍中實權，恐怕日後為亂，左右為難。劉表曾在酒後向劉備表達內心的猶豫。劉備勸諫說：「自古廢長立幼，是取禍之道。如果憂慮蔡氏權重，可逐漸削弱蔡氏兵權。」蔡氏對劉備原有疑

慮，躲在屏風之後聽見這些話，更是對劉備恨之入骨。

　　蔡氏一心擁立自己的兒子，見劉表對劉備推心置腹，恐怕他將荊州交給劉備輔佐，便與當時掌握軍事勢力的弟弟蔡瑁合謀以劉表的名義邀請劉備赴宴，埋伏五百名士兵，準備宴後除掉劉備這個心腹之患。劉備帶著趙雲赴會，席中，劉表手下伊籍與劉備交情不錯，他探知蔡氏的陰謀，趁著劉備如廁時指引他逃走。伊籍告訴劉備，北、東、南三個城門蔡瑁均已派人把守，唯有西門因有檀溪阻隔，無人把守。劉備一聽馬上開後園門，飛身上馬，也等不及趙雲，獨自快馬加鞭從西門而出。奔馳數里之後，果然有一條大溪攔住去路，劉備勒馬回頭，只見沙塵揚起，蔡瑁的追兵已到。劉備縱馬下溪，陷溺其中。他騎的是一匹的盧馬，曾有人告訴他說這種馬匹對主人不吉祥，但劉備從前並不忌諱，在這緊要關頭，想起「的盧妨主」的說法，不禁生氣的大喊：「的盧！的盧！今日妨吾！」沒想到那匹馬竟從水中湧身而起，一躍三丈遠。劉備彷彿從雲霧中騰起，驚魂未定時已飛上了對岸！蔡瑁等人趕到岸邊親眼見到馬匹飛躍，簡直不敢相信是哪兒來的神助！

劉備這次驚險逃生，卻開啟了生命中的一番奇遇。

他神蹟般的躍過了檀溪，整個人猶在一種亢奮的狀態，如醉如痴。他想著：「難道──是天意？天不亡劉備啊！」

太陽漸漸西沉，劉備恍惚中聽到婉轉的笛音，一個牧童跨坐在牛背上吹著短笛而來，那從容自在的神態，劉備不禁自嘆弗如！他停下馬來看著牧童，牧童也放下了笛子，說：「將軍莫非是破黃巾之亂的劉玄德？」

劉備吃了一驚，一個村野間的孩童，怎麼可能認得他呢？牧童說：「我師父曾跟客人聊起，說有一個劉玄德，身長七尺五寸，長耳垂肩、雙手過膝，是當世的英雄！今日看您的樣貌，想必就是了。」劉備忙問：「您的師父是何人？」

「師父司馬徽，道號水鏡先生。」

「您師父住在什麼地方呢？」

牧童遙指前方樹林，劉備大感興奮，便跟隨牧童來到水鏡先生的莊園。

幽幽琴音中，走出來一位仙風道骨的人物，此人一見到劉備，第一句話便說：「先生今天倖免大難！」令劉備驚奇不已。

兩人一見如故，談起天下大勢。水鏡為劉備分析，他身邊關羽、張飛、趙雲等人，皆可敵萬人，可惜卻沒有能善用這些將才之人，「先生需要的，既不是再得武將，也不是白面書生，而是一個真正的經綸濟世之才！」劉備嘆口氣：「哪裡有這樣的人物？」

　　水鏡說道：「天下奇才都在荊州！伏龍、鳳雛兩人，先生若能求得一人輔佐，便可以安定天下了。」劉備進一步問何處去尋找這兩人，水鏡卻笑而不答。

　　雖然未知伏龍、鳳雛的下落，在辭別水鏡先生回馬入城的路上，劉備卻遇見了另一位奇人。此人不久後為劉備謀劃用兵，與來新野刺探虛實的曹仁交鋒，讓劉備軍隊初次嘗到了勝果，也才明瞭能有優秀的軍師設謀定計，英雄方有用武之地！這位奇人姓徐名庶，字元直，也是水鏡先生的好友。

　　可惜徐庶無法繼續待在劉備身邊。在曹仁吃了敗仗而回後，曹操頗感吃驚，派人打聽出劉備新得了徐庶。聽說徐庶事母至孝，於是曹操命人連夜去帶來徐庶的母親，模仿徐母的筆跡偽造家書一封，以此要脅徐庶。徐庶看了家書，知道母親在曹操手中，淚如雨下，不得不辭別劉備前往許都尋母。

　　孫乾聽到徐庶來拜謝辭行，祕密向劉備建言：「徐庶在這裡待了一段時日，熟知我軍虛實，讓他到許都，必定得到曹操重用，我們的情勢將更險惡！主公千萬

不能放走徐庶。曹操見徐庶不去，一怒之下，必然將殺害徐母，那麼徐庶一定會想為母親報仇，力攻曹操！」劉備卻絕不接受，他說：「讓人殺其母，而我用其子，這是不仁！留徐庶不讓他盡人子的孝道，是不義。我寧死也不做這種不仁不義之事！」

　　劉備依依不捨的為徐庶餞行，好不容易遇見這樣的賢士，卻不得不放走他，猶如失去了左右手，不禁落下淚來。徐庶與劉備辭別上馬，不一會兒卻又拍馬回來。劉備大喜：「莫非先生改變了主意？」徐庶說道：「我因心亂如麻，竟忘了一事對主公相告。有一位奇士，就在襄陽城外二十里的隆中。他的才能，若以徐庶相比，好比駑馬遇麒麟、寒鴉配鸞鳳！此人常自比管仲、樂毅，以我看來，管仲、樂毅也比不上他！」聽到有這種經天緯地之才，劉備大喜：「可以煩勞先生為我把他請來相見嗎？」徐庶搖搖頭：「這人是請不來的，您必須親自前往求他，若能得到他輔佐，猶如高祖得到張良！」

　　劉備大奇，「請問此人姓名？」

　　徐庶說：「此人乃瑯琊陽都人，複姓諸葛，名亮，字孔明。他與弟弟躬耕於南陽隆中，每日讀書耕作，住處有一臥龍岡，因此自號臥龍先生。如果能請到這一位絕代奇才，何愁不能平定天下？」

　　辭別了徐庶，第二天劉備立刻帶著關羽、張飛來

到隆中臥龍岡諸葛亮的莊前。劉備親自下馬叩門，一名童子出來說道：「先生今早出門去了！」劉備問：「到何處去了？」童子答：「先生一向蹤跡不定，不知到何處去了。」再問：「幾時歸來？」「歸期也不定，有時三五日，有時十餘日。」劉備惆悵而返。

　　過了幾天，劉備派人打聽，知道孔明回來了，又命人備馬。張飛看不過去，說道：「一個村夫，何必哥哥自去？命人喚他來不就得了！」劉備叱喝張飛：「不得無禮！」便上馬再往臥龍岡去，關羽、張飛只得騎上馬跟隨。那時已經入冬，白雪霏霏，張飛一路叨念：「天寒地凍，連仗都沒人打了，見什麼人呢？不如回新野躲風雪吧！」劉備便道：「你怕冷就先回去吧！」張飛嘀咕：「死都不怕，哪裡怕冷了，只怕哥哥你白費心思！」

　　到了岡前，劉備下馬叩門，問童子：「先生今日在莊裡嗎？」那童子說：「現在堂上讀書。」劉備大喜，馬上跟隨童子進門。到了中門，看見門上寫著一副對聯：

淡泊以明志，寧靜以致遠。

　　草堂上，一位少年抱膝吟詩。劉備站在一旁等他詩吟完了，才上前施禮說道：「久慕先生，一直無緣拜會，今日特冒風雪而來，能見到先生，真是萬幸！」

　　那少年愣了愣，慌忙答禮：「將軍莫非玄德先生？您是要見家兄嗎？」玄德驚訝：「您不是臥龍先生？」少年搖頭：「我是臥龍的弟弟諸葛均，我們家三兄弟，長兄諸葛瑾在江東孫仲謀處，孔明是我二哥。」

　　「那麼臥龍先生在家嗎？」

　　「昨日他的好友崔州平相約，出外閒遊去了！」

　　劉備又問閒遊之地，諸葛均說：「或駕小舟遊於江湖之中，或訪僧道於山嶺之上，或尋朋友於村落之間，或樂琴棋於洞府之內，他總是往來莫測。」劉備嘆道：「如此緣淺！兩次都遇不上賢人！」便借來筆硯，寫了封信請諸葛均務必交予孔明，表明他日必當再訪。

　　劉備風雪中訪孔明不遇，回到新野每日只覺悶悶不樂。冬去春來，建安十三年的新春，劉備決心振作起來，請卜者特別卜了一卦，選擇吉日，並且事先齋戒三日，薰沐更衣，然後再度前往臥龍岡拜訪孔明。

　　關羽、張飛知道劉備如此小題大作頗為不滿，關羽說：「大哥兩次親自拜謁，已經是太多禮了！那諸葛亮看來是有名無實，所以躲起來不敢見人。」張飛則

說：「一個鄉下村夫，會是什麼奇才賢士！大哥您今天不必去了，他不來，我拿根麻繩把他綁來不就得了！」劉備叱喝張飛：「你沒聽過周文王拜謁姜子牙的故事嗎？你別去，我跟雲長去就好。」張飛哪肯落單，劉備說：「你若要跟，就不得無禮！」張飛勉為其難承應了，三人乘馬，再度來到了臥龍岡。

這一次，離諸葛亮的草廬半里之外，劉備便下馬步行，正遇上了諸葛均，說哥哥昨晚才剛回來，說完便自己走掉了。劉備大喜來到莊前，童子出來應門，說：「今日先生雖在家，但現在草堂上晝寢還沒醒。」劉備請童子先別通報，吩咐關、張二人在門口等著，而他自己則站在階下等待。等了大半天，諸葛亮都未醒來，張飛大怒，說：「這人怎麼如此傲慢？見我哥哥侍立階下，他竟高臥不起！等我去屋後放一把火，看他起不起來！」關羽再三把他勸住了。

等了許久，望見先生翻了個身，童子便要上前通報，劉備連忙阻止。又站了一個時辰，孔明才醒過來，一邊伸懶腰，一邊吟詩：

大夢誰先覺？平生我自知。
草堂春睡足，窗外日遲遲。

吟罷，童子上前報告說：「劉皇叔在此，已立候多

時了。」「怎不早說呢？」孔明進後堂更衣去，又過了半晌，這才出來。

劉備這下也才清楚觀察孔明，只見他身長八尺，面如冠玉，頭戴綸巾，身披鶴氅，簡直神仙一般，連忙就下拜。

兩人行禮如儀，也沒有太多客套的寒暄，劉備說起奸臣竊國，想要扶持傾頹漢室、伸張大義於天下的志願；孔明則詳實分析天下局勢。

孔明說：「曹操已擁有百萬之眾，挾天子以令諸侯，不可與之爭鋒；孫權據有江東，國險而民富，只能結盟互援，不可強取。而荊州東連吳、會，西通巴、蜀，是兵家必爭之地，將軍現在要取荊州，易如反掌！另外，西邊的益州則是天府之國，民殷國富，卻一樣並無明主。如果能取得荊、益二州，外結孫權，內修政事，等待時機，當可以復興漢室。」邊說著，還取出一軸地圖，「這是西川＊五十四州之圖，將軍想要成霸業，但北方讓曹操占了天時，南方讓孫權占了地利，將軍您以仁德行世，當可以占人和。先取荊州，後取西川建立基業，以成鼎足之勢，然後可以圖中原！」劉備聽聞此言，拱手說道：「聽聞先生之言，茅塞頓開！但荊州劉表、益州劉璋，皆是漢室宗親。我怎忍

＊西川：即益州。

心搶奪？」孔明說道：「我夜觀天象，劉表已不久人世，劉璋也不是能立業的君主，將來必歸將軍！」從來沒有人這麼清楚的對劉備分析過天下局勢，現在，劉備對未來有了想像的藍圖，如撥雲霧見青天，不禁激動頓首拜謝。

在那亂世之中，孔明未出茅廬，卻已勾勒三分天下的局面，劉備怎能不信服？他拜請孔明一定要下山相助。孔明說：「亮隱居已久，疏懶慣了，不能奉命。」劉備再三拜請：「先生不出，天下蒼生將倚賴誰呢？」說完，淚流滿面。孔明見劉備情意真摯，終於嘆口氣：「蒙將軍不棄，願效犬馬之勞！」劉備大喜，命關、張進來拜見。

劉備等人在莊中共宿一夜。第二天孔明隨劉備等人下山，臨走前，他殷殷囑咐諸葛均要安心躬耕，切莫荒蕪了田畝，他說：「待我成功之日，還要回到這裡來歸隱！」

於是孔明跟隨劉備回到新野，劉備待他如師，雖然這時他不過二十六歲，年紀卻比劉備整整年輕了二十歲！

第十一章 諸葛亮 初次用兵博望坡

　　初出茅廬的年輕軍師孔明，很快的便將迎接人生中的第一場戰役。

　　話說曹操聽到了劉備三顧茅廬請來諸葛亮做軍師之事，忙派人打聽，密切注意劉備的動向。一日，夏侯惇報告說：「劉備在新野每日操兵演練，他日必為後患，應及早消滅！」曹操便命夏侯惇為都督，于禁、李典、夏侯蘭、韓浩為副將，領兵十萬，直抵博望城攻打新野。荀彧勸諫，說劉備是個不可小看的英雄，現更有諸葛亮為軍師，不能輕敵。「諸葛亮是什麼人？」曹操轉而問徐庶。徐庶說：「諸葛亮有經天緯地之才、出鬼入神之計，是當世奇才，絕不可小覷！」夏侯惇不以為然：「在我看，那劉備是鼠輩，諸葛亮是草芥，等我都把他們生擒活捉來，獻首級給丞相！」曹操命夏侯惇即刻出發：「希望將軍出師大捷，以寬慰我心！」

　　不過，瞧不起諸葛亮的不只夏侯惇，看到劉備以師禮對待諸葛亮，關羽、張飛兩人很不是滋味，說：「孔明這麼年輕，會有什麼才學？兄長對他太多禮

了！」劉備卻說：「我得到孔明，可說是如魚得水！你們兩個就別再多說了！」

這一天，哨兵來報：「夏侯惇引兵十萬殺奔新野來了！」劉備召關、張來商量如何迎敵，張飛便說：「何不派『水』去呢？」劉備斥責：「智賴孔明，勇還須二弟，打仗之事你倆怎可推諉！」

等召來孔明，孔明開門見山說道：「恐怕關、張二人不肯聽我號令。主公您若要我用兵，請給劍印。」劉備立刻把劍印交給了孔明。

孔明聚集眾將聽令。他安排關羽帶一千人到博望城左邊的豫山埋伏，「等敵軍來到，放過不要抵抗，他們的糧草必在後面。」派張飛帶一千兵馬去博望城右邊的安林背後山谷中埋伏。關平、劉封則帶五百人準備點火之物，繞到博望坡後，等到初更兵到時就放火。「關羽、張飛兩路人馬，一看到南面火起的訊號，便向博望城屯糧草處縱火焚糧！」

他又命趙雲為前部先鋒：「不要贏，只要輸。」再對劉備說道：「主公請自引一軍做後援。」命眾人均須依計而行，不得有失。

關羽好奇問道：「我們都去迎敵，那麼軍師您做什麼？」孔明說：「我只坐在此城。」張飛大笑：「我們都去廝殺，你卻在家裡坐，好自在！」孔明拿起劍印說道：「劍印在此，違令者斬！」劉備制止關、張的無

三國演義

114

禮：「沒聽說『運籌帷幄之中，決勝千里之外』嗎？二弟不可違令！」關羽不再吭聲，張飛也冷笑而去。而眾將皆不知道孔明究竟有沒有本事，發布的命令又都不教殺敵，不是放火就是詐敗，各個滿心疑惑。

眾人走後，孔明對劉備說道：「主公今日便可引兵到博望山下屯住。明日黃昏，敵軍必到。主公便棄營而走，等見到火起，再回軍掩殺。我與糜竺、糜芳會帶五百軍士守縣，教孫乾、簡雍準備慶功宴、安排功勞簿伺候。」劉備其實亦聽得疑惑不定。

夏侯惇與于禁帶兵來到博望，分一半精兵作前鋒，其餘掩護糧車而行。那時秋風陣陣，一行來到博望坡，遙遙望見敵方軍馬來到。夏侯惇忽然大笑：「那徐庶在丞相面前把諸葛亮誇成天人，看看他的用兵，讓這點兵馬當前部來跟我對敵？看來今日劉備、諸葛亮活捉定了！」

那前鋒正是趙雲。趙雲縱馬來戰，沒幾回合便詐敗而走，夏侯惇追趕；趙雲回馬又戰，幾回合後又敗走。這時夏侯惇部將韓浩拍馬來諫：「趙雲誘敵，恐有埋伏！」夏侯惇冷笑道：「這樣的軍隊，就是十面埋伏，我又怕什麼！」便一路追趕到博望坡。忽然一聲砲響，劉備帶一小隊人馬衝了過來，夏侯惇笑著對韓浩說：「這就是埋伏了！我今晚不殺到新野，誓不罷

兵！」

　　這時天色已晚，濃雲密布，又沒有月光，夜風愈來愈大。夏侯惇只顧追趕，于禁、李典趕到了窄狹之處，兩邊都是蘆葦，李典感到情況不對，對于禁說：「在這種地形之中，萬一對方用火攻，如何是好？」于禁同感，便勒馬大叫：「後軍慢行！」人馬疾行之中，哪裡攔得住？于禁快馬趕上夏侯惇，提醒他當心火攻，夏侯惇猛然醒悟，然而才下令軍馬停住，便聽到背後喊聲震起，火光竄出，兩邊蘆葦燃燒了起來。一霎時，四面八方盡皆是火，又恰好風大，火勢愈猛。自家人馬相踐踏，死傷不計其數。趙雲此時再回軍趕殺，夏侯惇從煙火中奔逃。

　　而李典見情勢不妙，急奔回博望坡，火光中一軍攔住，當先大將乃關雲長！曹軍夏侯蘭、韓浩來救糧草，則遇著張飛。幾方人馬直殺到天明才收兵，殺得屍橫遍野、血流成河。夏侯惇收拾殘軍帶回許都，一身狼狽。

　　關、張一行人大勝而歸，眾人一路不住口的說：「孔明真是神人啊！」走了幾里，見糜竺、糜芳引軍簇擁著一輛小車，車中端坐一人，正是孔明。關、張已許久不曾打仗打得這麼暢快了，連忙下馬，拜服於車前。不久，劉備、趙雲、劉封、關平等也都到齊，後面跟著一車車截獲的糧草，凱旋回到新野。

三國演義

第十二章 趙子龍單騎救主

博望坡之戰，令曹操更視劉備為心腹大患，他對諸臣說道：「現在天下我所擔心的，只有劉備、孫權兩人，其餘皆不足慮。」於是決心起兵五十萬，大舉掃平江南。

同時，荊州的情況也有了變化，劉表病重，派人請劉備來到榻前。劉表殷殷對劉備說道：「我已病入膏肓，不久於世！我子無才，恐不能承父業，我死之後，賢弟可自領荊州。」劉備絕不願乘人之危，他悲傷的拜倒說道：「我劉備一定竭力輔佐劉琦公子！」

劉備回新野後，曹操統領大軍來攻的訊息傳來，劉表驚慌病重，立遺囑委託劉備輔佐劉琦為荊州之主。蔡夫人知道後又驚又怒，命人關上荊州城大門，並且派兵把守不讓劉琦回城。當外派守衛江夏的劉琦知道父親病危趕回探病時，卻被蔡瑁等人阻擋，趕回江夏，甚至見不到父親最後一面！

劉表一死，蔡氏與蔡瑁、張允等人合寫了一份假遺囑，擁立次子劉琮繼位，由蔡瑁掌理荊州之兵。這時曹操大軍往襄陽而來，蔡氏、蔡瑁、蒯越等決心投降，把轄下的荊、襄九郡獻給曹操，以保全劉琮荊州

之主的名位作為交換條件。劉琮當時只有十四歲，雖然年幼，已頗聰慧，他對眾臣說道：「我父親才大去不久，兄長鎮守江夏，更有叔父劉玄德在新野，曹操來攻，我如果不戰而降，如何對叔父、兄長解釋？又如何讓父親瞑目！」這時眾官沉默不敢言，唯有李珪發言支持：「公子說的甚是！請立即發書到江夏請大公子回來作主！」蔡瑁大怒，喝令左右將李珪推出去斬首。劉琮孤立無援，只能聽憑母、舅作主。

劉備不願意乘人之危襲取荊州，沒想到劉琮僭位且立刻將荊州獻給了曹操。現在曹操占領荊州，大批曹兵浩浩蕩蕩來到博望城殺向新野，新野情勢孤立。孔明無奈，建議劉備放棄新野，順河南下先到樊城安身，一面安排多路埋伏阻擋曹軍追擊，一面差人在四處城門上貼榜公告百姓：「無論男女老幼，願意跟從者，今日便跟隨劉皇叔前往樊城避難。」並差孫乾前往河邊調撥船隻，救濟百姓。

新野百姓扶老攜幼，都願意跟隨劉備，當曹兵進城之後，發覺整個新野幾乎成了一座空城。

曹仁、曹洪帶領軍士先在城內安歇下來。初更時分，狂風大作，只見守門的軍士飛奔來報：「起火了！」「莫非軍士造飯不慎引起火災？」曹仁還來不及反應，已經滿城火起，上下通紅，軍士自相踐踏，死傷無數，更甚前日博望之火！原來又是孔明之計。逃出的軍士奔至白河邊，已經焦頭爛額，人馬都奔下河飲水，一時人聲喧嚷，馬盡嘶鳴。混亂之中，埋伏在河流上游的關羽一聲令下，軍士一齊拉起裝了沙土攔截於上游的布袋，霎時，水勢滔天，向下游滾滾奔來！曹軍人馬紛紛溺死，沒溺死的沿路奔逃，又遇上張飛攔截，再度混殺一陣，直到許褚帶兵來接應。張飛乘機護衛劉備、孔明等上了船向樊城而去！

曹操得知曹仁竟又大敗，勃然大怒，不住痛罵：「諸葛村夫，竟敢如此囂張！」決心催動三軍，一路追擊到樊城，不消滅劉備、孔明，誓不罷休！

曹操再度進兵樊城，劉備向孔明問計。孔明說：「樊城無屏障可守，現在只得速棄樊城，先過河到對岸的襄陽屯兵。」劉備嘆道：「百姓跟隨我而來，現在怎忍心遺棄他們？」但要帶領大批百姓遷移過江，真是困難重重，孔明無奈：「也只得令人遍告百姓，有願跟隨者便同去，不願者留下。」劉備便命令孫乾等人在城中高喊：「孤城不能久守，百姓願意跟隨者便一同

三國演義

120

渡江！」新野、樊城兩城之民齊聲高呼：「我等寧死都要跟隨劉皇叔！」大批百姓棄城離家，一路跟隨，渡過滾滾大江。

劉備在船上看到百姓扶老攜幼遠離家鄉，許多人黯然落淚，更夾雜孩童號泣，不禁大慟說：「為我一人，而使百姓遭此大難，我還有什麼面目活著！」激動想要投江，左右急忙攔住。百姓聽聞，更是感動痛哭。

到了襄陽，那時劉琮已降曹操，不願開城門，蔡瑁命令軍士從敵樓上放箭。劉備不忍心讓荊州軍士兩方自相殘殺，更不願意讓無辜百姓再度遭殃，便不願意入襄陽城，孔明只好決定放棄襄陽，再南下前往江陵。

曹操這時率軍在樊城屯兵，蔡瑁、張允一同前往拜見曹操。這兩人不僅在曹操面前辭色諂佞，且詳細報告了荊州所有的軍馬、錢糧、戰船等等機密，曹操大喜，封兩人為水軍大都督及水軍副都督，還說將表奏天子，讓劉琮永為荊州之主。

蔡、張兩人走後，一旁的荀攸不解，問曹操：「那

兩人分明是賣主求榮之徒，為何還允諾他們加官晉爵？」曹操笑說：「我豈無識人之明？只因我們北方軍隊不熟悉水戰，暫時我還用得著他們。」

　　曹操率軍來到襄陽城，召見劉琮時，卻是任命他為「青州刺史」，並命他即刻上路前往青州。劉琮大驚失色，不是說保他為「荊州」之主，怎麼變成「青州」呢？年幼的他，不禁嚇得搖頭直說：「寧願不做官，願守在家鄉！」他再三推辭，曹操不准。後來劉琮只得與母親一同北上前往青州。才上路不遠，曹操便派于禁帶軍士把這對母子給殺了。

　　這時劉備一行正帶領十幾萬百姓、三千軍馬南下往江陵進發。但隨行的百姓實在太多，行軍緩慢，而曹兵即刻就會追來，眾將說道：「江陵要地，可以拒守，但帶著十萬百姓，日行十餘里，幾時才到得了江陵？不如暫棄百姓，先走為上！」劉備哀傷的說：「做大事者，必須以人為本，現在百姓願意跟隨我，我怎能拋棄他們？」百姓聽聞玄德如此說，莫不傷感。眾人一路緩緩而行，孔明眼看追兵將至，便派遣關羽到江夏向劉表的大公子劉琦求救，請他起兵，到江陵會合，又令張飛斷後、趙雲保護劉備家小，其餘將領關照百姓而行。

　　關羽去了數日，遲遲未有回音，劉備請孔明還是

親自走一趟江夏。因為昔日在蔡氏為自己兒子爭奪接班人的位子，劉琦惶恐萬分不知如何自處時，正是孔明指點迷津，教他自行請命外守江夏，才免遭蔡氏姐弟的毒手。劉備說：「劉琦感念軍師您昔日的救命之恩，今日若是由您親自出馬，見了您，他一定會同意出兵相助吧！」於是孔明帶了五百軍馬前往江夏求救。

　　這一天，劉備與簡雍、麋竺、麋芳等人同行，天黑後便在當陽縣*景山駐紮。到四更時分，聽見西北方喊聲震地，是曹操的人馬殺來了！劉備身邊只剩得二千精兵，曹兵有大隊人馬，兵力實在太懸殊，只有死戰一途！正在危急之際，幸而張飛趕到，殺開一條血路。張飛保護劉備且戰且走，奔到天明，殺喊之聲漸漸遠去，方才停馬稍歇，看手下隨行的只剩數百騎，而百姓老小、麋竺、趙雲等人卻不知下落。劉備痛哭，眾人正悽惶感傷時，忽見麋芳跟蹌奔來，說：「趙子龍反投曹操去了！」劉備喝斥：「休要胡言！子龍是我至交，怎可能背叛我！」

　　張飛說：「他今日見我方勢窮力盡，或者反投曹操以圖富貴也說不定。」麋芳更信誓旦旦說：「我親眼見他往西北方去了！」張飛怒道：「我去找他，讓我撞見，一定一槍刺死！」劉備制止張飛：「不要錯怪人

---

*當陽縣：今湖北中部。

三國演義

了！你不記得上回你二哥殺<u>顏良</u>、<u>文醜</u>之事？<u>子龍</u>此去，一定有什麼緣故，他不會背叛我的！」

怒氣沖沖的<u>張飛</u>不由分說，帶著二十餘騎，來到了<u>長坂坡</u>。<u>張飛</u>見橋東有一叢樹木，倒是心生一計，砍下那些樹枝綁在馬尾上，讓隨他而來的二十餘騎在樹林內往來馳騁，沖起塵土，以為疑兵。<u>張飛</u>則親自橫矛立馬在橋上向西而望。

卻說<u>趙雲</u>在<u>曹操</u>大軍來襲之時，自四更時分與曹軍廝殺，殺到天明時，找不到<u>劉備</u>，更找不到<u>劉備</u>的家小。<u>趙雲</u>想：「主公把<u>甘</u>、<u>糜</u>二位夫人與小主人<u>阿斗</u>託付在我身上，今日卻在亂軍中失散，我有何面目去見主公？不如去決一死戰，好歹要尋出主母與小主人的下落。」回顧左右，只有三十餘騎相隨，<u>趙雲</u>拍馬在亂軍中尋覓，一路只見中箭著槍倒地者不計其數，疾行中，見一人臥倒於草中，竟是<u>簡雍</u>。<u>趙雲</u>急著問是否知道兩位主母的下落？<u>簡雍</u>說：「二主母棄了車仗，抱<u>阿斗</u>而走。我飛馬趕去，被一將刺了一槍，跌下馬來。」<u>趙雲</u>派人護送<u>簡雍</u>去找<u>劉備</u>後，又重新上馬，他說：「我上天下地都要找到主母與小主公來，如尋不見，不如死在沙場上！」說罷，正拍馬前進，聽到一名躺臥路邊的軍士大叫，說看到<u>甘</u>夫人披頭赤腳隨一夥百姓婦女向南方走。

趙雲便又縱馬往南趕去，只見一夥百姓，趙雲大叫：「甘夫人可在其中？」甘夫人在後面望見趙雲，不禁放聲大哭！甘夫人說，她與糜夫人、阿斗走散了，獨自逃生到這裡。這時，一旁忽然衝出一支軍隊來，趙雲拔槍上馬一看，軍隊前綁著一人，竟是糜竺；後面一將，是曹仁部將淳于導，他捉拿了糜竺，正要押解去獻功。趙雲大喝一聲，一槍便把淳于導刺落馬下，救下糜竺，又隨手奪了二匹馬，請甘夫人、糜竺上馬。趙雲殺開一條血路，把二人直送到長坂坡，只見張飛橫矛立馬於橋上，遠遠便大叫：「子龍！你為何背叛我哥哥？」趙雲莫名其妙：「我尋不見主母與小主人，因此落後。為什麼說我背叛？」時間緊迫，也懶得跟張飛辯解，趙雲留下了糜竺與甘夫人，便又掉頭尋找糜夫人與阿斗去。

　　趙雲重回舊路，迎面一將手提鐵槍，背著一口劍，帶領十餘騎躍馬而來。趙雲連話都不說一句，直攻那帶頭的將領，才一回合就把對方刺倒。原來那人是曹操身邊專門為他背劍的夏侯恩將軍。曹操有兩把寶劍，一把名為「倚天」，曹操自己佩在身上；一把名為「青釭」，就由夏侯恩背著。青釭劍砍鐵如泥，鋒利無比，趙雲看到劍柄上的刻字才知道是把寶劍。

　　趙雲插劍提槍，孤身一人又殺入重圍，往來逢百姓便問糜夫人的消息，終於在一堵燒壞的土牆下找到

三國演義

了抱著阿斗、坐在枯井旁啼哭的糜夫人。糜夫人一見到趙雲，淚如雨下，歡喜阿斗總算有救了！趙雲伏地拜請糜夫人上馬，糜夫人說：「將軍豈可無馬？這孩子全仗將軍保護了！」趙雲急了：「喊聲已近，追兵將至，請夫人速速上馬！」糜夫人說：「我已身受重傷，死不足惜，將軍請不要誤了阿斗！」趙雲屬聲說道：「夫人勿再多說，趕緊上馬，否則追兵來到，如何是好！」為了讓趙雲即刻上馬護送阿斗逃離，糜夫人竟棄阿斗於地，翻身投井而死！

趙雲見糜夫人已死，唯恐曹軍盜屍，便將整座土牆推倒，蓋住了枯井，然後，解開了腰帶，放下胸前的護甲，將阿斗抱在懷中，提槍上馬。前方曹洪部將晏明帶著一隊步軍殺到，不到三回合，便被趙雲一槍刺死。趙雲殺散眾軍，衝開一條路，前面又一支軍馬攔路，當先一員大將，旗號鮮明，寫著「河間張郃」四個大字。面對這些曹軍將領，趙雲照樣不吭聲，挺槍便戰，約十回合，找到空隙奪路便逃。才逃開張郃的追趕，前方有二將來攔，背後又有二將大叫：「趙雲別走！」那是馬延、張顗，前面攔路的則是焦觸、張南，都是袁紹手下降曹的將領。趙雲力戰四將，後面曹軍一擁而至。趙雲拔出奪來的青釭劍亂砍，劍到之處，血如泉湧，三兩下便殺出重圍。

這時，曹操在景山頂上，望見這麼一員猛將，不

可思議的問旁人：「那是誰？」左右都不認得。曹洪便飛馬下山，大叫：「軍中戰將，留個姓名！」趙雲應聲答曰：「吾乃常山趙子龍也！」曹操嘆息：「真是虎將啊！該生擒他才行！」便令飛馬傳報各處：「趙雲到，不許放冷箭，只要捉活的！」這一來，趙雲更如入無人之境，他隨手或以劍砍，或以槍刺，銳不可當，一路砍倒大旗兩面，殺死曹營將領五十餘人，殺傷砍倒者無數，懷抱著阿斗，殺透重圍。趙雲才奔出重圍，山坡下又撞著兩支軍馬，乃夏侯惇部將鍾縉、鍾紳兄弟二人，一個使大斧，一個拿畫戟，兩人大喝一聲：「趙雲！快下馬受縛！」趙雲挺槍就刺，不到三回合，當先的鍾縉被一槍刺落下馬；鍾紳持戟趕來，從背後攻擊，趙雲撥轉馬頭，左手持槍格開畫戟，右手拔出青釭寶劍，鍾紳連盔帶腦，霎時被砍去一半。餘眾嚇壞了，四面八方逃得無影無蹤！

　　趙雲往長坂橋奔去，到了橋邊，血滿征袍，已經不支，背後又有文聘軍馬趕來，趙雲遠遠見到橋上的張飛，大喊一聲：「翼德幫我！」張飛見趙雲後有追兵，說道：「子龍快走，追兵由我來擋！」

　　文聘一行人追趙雲，來到長坂橋，只見張飛倒豎虎鬚，圓睜環眼，手拿蛇矛站在橋上，又見到橋東樹林之後塵土大起，懷疑有伏兵，便勒馬不敢上前。不久，曹仁、夏侯惇、張郃、張遼、許褚等大將來到，

見到張飛怒目橫矛的氣勢，恐怕又是孔明的計策，各個小心翼翼，都不敢靠近。曹操聽聞飛馬來報，也上馬趕來。

　　張飛這回倒也心細，隱隱見到後軍之中有青羅傘蓋、旄鉞旌旗來到，料到是曹操，便大喝一聲，猶如巨雷：「我乃燕人張翼德，誰敢與我決一死戰？」曹軍聽到那聲勢，各個兩腿發抖，竟無人敢上前。曹操令人揭去傘蓋，回頭說：「從前聽聞雲長說：『翼德於百萬軍中取上將首級，如探囊取物。』今日相逢，千萬不可輕敵。」話沒說完，張飛又大喝一聲：「燕人張翼德在此，誰敢來決死戰？」曹操被這氣概震懾，已有退軍之心；張飛見曹操後軍陣腳移動，便故意又挺槍厲聲喝道：「何以戰又不戰！退又不退！」曹操身邊的夏侯傑竟被這聲勢驚嚇得肝膽俱裂，摔倒於馬下。曹操回馬便走，諸將也一起往西奔逃，一時人如潮湧，丟槍掉盔的，不計其數。

　　曹操等人倉皇奔逃一段路之後，張遼說：「其實張飛僅只一人，何必如此畏懼？」曹操心神稍定，便令張遼、許褚再到長坂橋探聽消息，卻發覺橋梁已被拆斷，這才知道上當！竟然被張飛這一莽夫騙過，曹操真是面上無光啊！惱羞成怒之際，便下令火速進兵！忽然山坡後頭鼓聲響起，難道真有伏兵？原來是關羽到江夏借了一萬兵來，恰好趕上。曹操一見是關羽，

急急勒住馬說：「又中諸葛亮之計了！」

　　卻說趙雲縱馬過橋，走了二十餘里，見到劉備與眾人於樹下休歇。趙雲下馬伏地而泣，喘口氣，說明麋夫人身帶重傷不肯上馬，投井而死，「趙雲只得推牆掩埋，然後懷抱公子，身突重圍。賴主公洪福，幸而得脫。剛才公子尚在懷中啼哭，這一會兒不見動靜，恐怕是不保了！」說著，小心翼翼解開戰袍，原來阿斗在趙雲懷中竟安穩睡著了！

　　趙雲歡喜公子毫髮無傷，雙手把阿斗遞與劉備。誰知劉備接過之後竟看也不看，便往地上一摔：「為你這孩子，幾乎損我一員大將！」趙雲驚呆了，忙抱起啼哭的阿斗，一時悲欣交集，又傷感又激動，流淚下拜說道：「趙雲即使肝腦塗地，也不能報答主公的知遇之恩！」

第十三章　孔明舌戰群儒，智激周瑜

　　劉備等人前往江夏與劉琦會合，討論如何抵擋曹操。孔明一向主張聯吳制曹，先聯合東吳，讓曹操與孫權南北相爭，再從中取利。劉備擔心說道：「江東出類拔萃的人物極多，怎肯容納我們？」孔明笑說：「曹操占了荊州，現在帶著百萬大軍虎踞江、漢一帶，江東人怎可能不緊張？最近一定會派人來這裡打聽虛實。只要有人到此，我就隨同赴江東，憑三寸不爛之舌，一定能鼓動南北相抗。」

　　劉備想著，這主意雖然高妙，可是怎見得江東忽然就有人來？

　　過不久，從人來報：「江東孫權差魯肅來為刺史劉表弔喪，船已靠岸。」孔明笑說：「大事可成了！」劉表過世已多日，弔喪當然只是藉口，當年孫堅是劉表所殺，若不是別有用心，不可能派人來弔唁。可知魯肅不是來弔喪，是來打探軍情的！

　　魯肅執禮弔喪之後，便急於拜會劉備、孔明，詳問曹操軍備、孔明的應對之策等等；魯肅也果真邀請孔明同去江東，共圖連結對抗曹操之計。

孔明來到東吳，魯肅百般交代他：「先生見了孫將軍，切不可說曹操兵多將廣，以免將軍有了畏怯之心，不肯抵抗。」那時曹操已遣使發檄文，命孫權派兵會合江夏，共擒劉備。孔明只微笑說：「我自有對答之語。」

　　這時，孫權的左右已經吵成一團，以張昭為首的文官多半主張投降，認為曹操擁百萬之眾，又得了荊州，長江之險已經不保，投降曹操才是萬安之策。魯肅卻是大力主戰，他對孫權分析：「如投降曹操，我便回鄉罷了，其他人照樣做官，但將軍您投降，日後便須處處聽命曹操，還能南面稱王嗎？眾人不過各自為己，將軍您要有自己的定見才行！」這話正中孫權的心事，「但曹操聲勢如此浩大，又新得袁紹部隊、荊州之兵，恐怕難以抵擋。」魯肅說：「諸葛亮在此，何不請教他呢？」

　　魯肅把孔明帶到議事堂上，先與眾幕僚相見。百官知道孔明是來遊說東吳共同抗曹的，各個嚴陣以待。張昭、虞翻、步騭、薛綜、陸績、嚴畯、程德樞等文官輪番上場，與孔明唇槍舌劍。

　　張昭先挑明了說：「久聞先生高臥隆中，自比管仲、樂毅，真有此語嗎？」

　　孔明說：「不過是對自身小小的況喻。」

　　張昭說：「最近聽說劉備三顧茅廬請來了先生，認

三國演義

134

為自此『如魚得水』，想要席捲荊州，結果現在荊州已屬曹操所有，不知何故？」

孔明心想：「張昭是孫權手下第一謀士，若不先駁倒他，如何說得動孫權？」便答道：「要取得荊州，其實易如反掌，但我主公劉備先生躬行仁義，不忍奪取同宗的基業，因此強力拒絕取下荊州。然而劉琮這小子，聽信讒言，暗自投降曹操，才使曹操能夠猖獗。現在我主公屯兵江夏，別有良圖，豈是等閒之輩能夠了解！」

張昭更進一步說道：「那麼先生您自比管、樂，這兩人都是濟世之才！可是我們看到劉備未得到先生之時，尚能割據一方城池，自從得到您的輔佐，天下冀望從此復興漢室，剿滅曹操，無人不拭目以待；為何反而曹兵一出，就棄甲拋戈，望風鼠逃，從新野逃到樊城，樊城逃到當陽，當陽又奔到江夏，現在連容身之地都沒有！看來劉備得先生之後，還不如從前，恕我直言，管仲、樂毅是這樣的嗎？」

孔明聽罷，大笑說：「鵬飛萬里的志向，哪裡是群鳥能夠識得？

好比人身染重病，必須先以清粥、和緩的藥來調理，等到腑臟調和了，抵抗力較佳了，再以肉食補身，以猛藥治療，讓病根盡除，才能夠真正的痊癒。若不等氣脈穩定，馬上下猛藥、大魚大肉伺候，身體怎麼承受得了？我主劉玄德，當日敗於汝南，投寄荊州劉表，兵不滿千人，將領只有關、張、趙而已，正是病勢危篤之時，而新野這偏僻小縣，民稀糧少，只能暫且容身，然而博望一戰，卻使夏侯惇、曹仁心驚膽裂。管、樂用兵，恐怕也不會比我高明！至於劉琮降曹，我主實在並不知情，且又不忍乘亂奪取同宗基業，這是大義；當陽之役雖敗，見到數十萬百姓不顧性命跟隨，我主只能扶老攜幼日行千里，寧願失敗也不忍相棄，這是大仁！寡不敵眾，勝敗乃兵家常事，昔日高祖皇帝多少次敗於項羽，而垓下一戰成功，那不是出自韓信的良謀嗎？韓信多年輔佐高祖，也沒有每次都得勝！國家大計、社稷安危，需要的是能高遠謀劃之人。若只是誇辯之徒，坐議清談，無人能及；危機來時，卻百無一能，只想投降，這種人只能讓天下笑！」

　　一席話說得張昭啞口無言。這時，座中忽有一人高聲說道：「現在曹操屯兵百萬，虎視眈眈，眼看即將併吞江夏，先生看法如何呢？」

　　孔明張望，這說話的人是虞翻，孔明說道：「曹操收集袁紹、劉表的敗軍，是烏合之眾，雖有百萬，並

不足懼！」

虞翻冷笑道：「兵敗於當陽，計窮於江夏，現在要求救於人，居然說不足懼，真是大話欺人，惹天下笑！」孔明說：「劉備以數千仁義之師，不能敵百萬殘暴之眾，因此退守江夏，等待時機。現在東吳兵精糧足，且有長江之險，倒想要屈膝降賊，究竟是誰惹天下笑？」說得虞翻羞愧不已，無言以對。

座中又有一人問道：「孔明你是想效法張儀、蘇秦之舌，來遊說我東吳嗎？」這人是步騭，孔明回答：「你認為蘇秦、張儀只是辯士，殊不知蘇秦、張儀也是豪傑！蘇秦佩六國相印，張儀兩次相秦，都有扶匡國家之謀，不像那些畏強凌弱、懼刀避劍的懦弱之徒！各位聽聞曹操虛張聲勢，便畏懼得要投降，也敢嘲笑蘇秦、張儀？」又說得步騭默然退下。

接著又一人問道：「孔明認為曹操是什麼樣的人呢？」這人是薛綜，孔明看著薛綜：「曹操乃是漢賊，又何必問？」薛綜說：「您這說法不對，漢朝歷傳至今，天數將終，現在曹公已有天下三分之二，人皆歸心。劉備不識天時，強與相爭，正如以卵擊石，怎能不敗？」

孔明厲聲說道：「薛綜怎能口出這種無父無君之言！人生天地之間，以忠孝為立身之本，您既為漢臣，見有大逆不道之人，就應當誓言討伐！曹操貴為漢室

丞相，不思報效，反懷篡逆之心，這是天下所公憤，您竟說是天數，真是無父無君之人！不配說話！」說得薛綜無地自容。

這時座上卻有一人反駁：「曹操雖然挾天子以令諸侯，但至少是相國曹參的後代，劉備自說是中山靖王後裔，卻是無稽可考，只知道他是織蓆子、賣草鞋出身，又憑什麼跟曹操相抗衡？」孔明凝視此人，認得是陸績，便笑說：「您就是當日那位在袁術宴客席間懷藏橘子的陸績嗎？請安坐聽我說，曹操既然是相國之後，那麼確是漢臣無疑了！今日專權無道，不僅是欺君的亂臣，更是蔑祖的曹氏賊子！劉備堂堂皇室後裔，當今皇帝按譜賜爵，怎麼說『無稽可考』？且高祖也是從一個小小亭長起家而有天下，織蓆子、賣草鞋有什麼可恥？」

陸績語塞，接著嚴畯、程德樞輪番上陣，一個個被孔明反駁得低頭喪氣無話可說，張溫、駱統二人正想要上前接替，這時走進來一位老將軍，厲聲喝斥：「孔明乃是當代奇才，你們這些貪生怕死的文官，曹操大軍臨境，不請教退敵之計，卻逞口舌刁難，豈是敬客之禮！」這人正是孫堅時代便已為東吳立下汗馬功勞的將軍黃蓋。

三國演義

黃蓋、魯肅都是主戰的，他們隨即擁著孔明同見孫權。孫權問曹兵究竟有多少？孔明算了算，說保守

估計至少也有百萬，急得魯肅頻頻使眼色，孔明裝沒看見。孫權說：「曹操有併吞之意，先生認為到底應該戰還不戰？」孔明答道：「您必須果決以對，如果覺得可以抗衡，便當及早表態；不然就投降！如果表面服從，其實懷有二心，不能決斷，反而可能招禍。」孫權問：「如果沒把握抗衡就應當投降，那麼劉備為什麼不投降？」孔明淡淡的說道：「我們劉皇叔不一樣，他是蓋世英才，又是帝室後裔，怎能屈居亂臣之下？」孫權勃然變色，拂袖而去。

　　孔明看出孫權其實確有作戰之心，等到魯肅重新把孫權請出來，便詳細分析大勢：「劉備雖退守江夏，但關羽領精兵萬人，劉琦領江夏戰士也不下萬人。而曹操所領之眾，從北方遠來者，一日夜行三百里，早已是強弩之末，且北方之人不習水戰；新收編的荊州之兵，則是迫於情勢不得不歸降，根本沒有為曹操賣命的決心。如果東吳能與劉備協力對抗，必破曹軍，曹軍退去之後，則荊、吳與曹可成鼎足之勢！成敗之機，就看將軍的決斷了！」孫權聽了這番話，心悅誠服，立刻決定起兵，共滅曹操！

　　張昭等文官一聽到孫權要興兵作戰，議論紛紛：「中了孔明的計了！」張昭、顧雍迫不及待去見孫權，又說得孫權沉吟不語。孫權寢食不安，猶豫不決，吳國太提醒他：「你不記得伯符臨終之言嗎？」孫策臨終

三國演義

時曾交代：「內事不決問張昭，外事不決問周瑜。」於是孫權立即遣使前往鄱陽請周瑜回來。

百官都知道周瑜的意向對孫權與東吳的命運具有決定性的影響力，輪流來見周瑜，有要戰的，有要降的，周瑜不耐煩，把眾人都送走了。到晚間，魯肅帶著孔明來了。

魯肅開門見山問周瑜的心意。周瑜說道：「曹操以天子之名來征，師出有名，且勢力龐大，戰則必敗，降則易安。我心意已決，明日就去見主公遣使納降！」

魯肅愕然：「江東基業已歷三代，豈可一夕拱手讓人？伯符臨終遺言，外事託付將軍，今日正是要仰仗將軍保衛國家，怎可聽從那些懦夫的意見？」

兩人爭辯起來，孔明卻只在一旁袖手微笑。魯肅急了，「先生為什麼笑？」

孔明說：「我不笑別人，笑您不識時務！周公瑾贊成投降曹操，想來也是極合理的。」

周瑜隨口附和：「孔明是識時務之士，必能了解我的心意。」

眼看兩人高來高去，魯肅大惑不解：「孔明！怎麼你也這樣說？」

孔明說：「曹操極善用兵，天下人都不敢當前為敵，除了劉備不識時務！將軍降了曹操，既可以保妻子，又可以保富貴，有何不可呢？」

魯肅大怒：「怎可教我主公屈膝受辱於那國賊？」

孔明卻說：「那也未必！我倒有一計，東吳這邊不需要納土獻印、牽羊擔酒的，孫將軍甚至不須親自過江。只須遣一位使者，一葉扁舟送兩個人到江上，曹操若得到這兩人，那百萬之眾都會卸甲退兵！」

周瑜大感疑惑：「用哪兩個人，竟可以退曹操百萬大軍？」

孔明說：「我在隆中時，就曾聽聞曹操於彰河新造銅雀臺之事，還要廣選天下美女。曹操本就是好色之徒，久聞江東喬公有二女，長女大喬，次女小喬，有沉魚落雁之容、閉月羞花之貌。曹操曾發願：『一願掃平四海，以成帝業。二願得江東二喬，置之銅雀臺，以樂晚年。雖死無憾也！』今只要差人把大喬、小喬送去，曹操必定稱心滿意……」

周瑜冷冷打斷：「曹操想得二喬之事，先生可有證據？」

孔明答道：「曹操幼子曹植，字子健，下筆成文。曹操曾命他作銅雀臺賦，賦中便提到了他誓娶二喬的心意。」孔明還順便背起了銅雀臺賦：「……攬二喬*於東南兮！樂朝夕與共。俯皇都之宏麗兮！瞰雲霞之浮動。……」

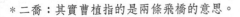

*二喬：其實曹植指的是兩條飛橋的意思。

周瑜聽完不禁勃然大怒，指著北邊痛罵：「老賊欺人太甚！」魯肅急得似熱鍋上的螞蟻，頻頻向孔明使眼色，孔明卻還說道：「從前單于侵犯邊界，漢天子以公主和親也是常有之事的！」

　　周瑜恨恨的說：「先生有所不知，大喬是孫策將軍遺孀，小喬乃我周瑜之妻。」

　　孔明故作極其惶恐的樣子，不斷的自責：「實在不知情！失口亂說，死罪！死罪！」

　　周瑜拍桌而起，握緊拳頭，咬牙切齒說道：「我周瑜與那曹操老賊，誓不兩立！」

第十四章 蔣幹中計，孔明借箭

建安十三年（西元208年）周瑜下定決心，布署軍事，要與曹操決一死戰；而曹操方面也勢在必得，責令蔡瑁、張允等荊州降將訓練水軍，準備大舉南攻。

東吳士兵擅長水戰，但畢竟曹兵眾多，不可輕敵。這一天，周瑜登高遠望，看見西邊火光連天，下屬告訴他，那是北軍的燈火之光，周瑜不免心驚。第二日，周瑜親自駕船到曹操寨邊窺伺，發覺他們水寨的布署有條不紊，深得水軍之妙，便問人曹兵的水軍都督是誰？下屬告訴他是蔡瑁、張允。周瑜尋思此二人久居江東，諳習水戰，一定要想辦法除掉這兩人。

周瑜窺探水寨的消息，馬上有人飛報曹操，曹操憂心忡忡。久聞孫策能立足江東，一向倚重周瑜，現在周瑜甚至親自靠岸窺探軍機，該如何對付這難纏之人呢？這時帳下有一人出來說道：「我自幼與周瑜同窗，可赴江東，憑三寸不爛之舌說動周瑜來降！」此人蔣幹，是曹操門下的謀士。曹操大喜，馬上為蔣幹送行。

蔣幹穿著葛巾布袍，駕一隻扁舟，來到了周瑜的寨中。周瑜一聽見手下傳報蔣幹來訪，便笑著向諸將

說：「說客來了！」

　　兩人客套敘禮，周瑜極盡款待，卻讓蔣幹完全沒機會開口遊說。筵席中周瑜大笑暢飲，乘著酒興，一下子帶蔣幹參觀堆積如山的糧草，一下子舞劍作歌，滿座歡笑。直到深夜，蔣幹說實在不勝酒力了，周瑜才命人撤席，邀蔣幹同榻而眠，好好話說當年。

　　周瑜假裝大醉和衣倒臥，蔣幹則是一夜警醒著。二更鼓響，聽周瑜沉睡鼻息如雷，而桌上殘燈還亮著，蔣幹看到桌上堆著一卷文書，便起來翻看。其中有封書信，上寫著「蔡瑁、張允謹封」，蔣幹大感意外！信中寫道：「某等降曹，非圖仕祿，不得已耳。現已把北軍困於寨中，只等機會到來，便將曹操首級獻與都督……」蔣幹尋思：「原來蔡瑁、張允暗通東吳？」便把那封信藏在身上，還想再看看其他書信時，床上周瑜翻了個身，蔣幹慌忙把燈滅了回到床上。到四更時分，

有人輕聲來喊周瑜，說：「江北有人到此……」周瑜趕緊制止，與那人到帳外低聲談話。蔣幹側耳傾聽，隱約只聽見「蔡、張二都督說，一時還不得下手……」就聽不見了。等周瑜回到帳中，蔣幹蒙頭裝睡。睡到五更，蔣幹悄悄出帳，匆忙出寨飛快上船回見曹操。

曹操見到那封信後大為震怒，立刻把蔡瑁、張允喚來，不由分說便令武士推出去斬首。然而蔡、張頭才剛剛落地，曹操忽然醒悟：「上了那周瑜的當！」

不過，曹操雖心知是計，卻不肯認錯，事實上曹操本來就瞧不起這兩個賣主求榮之人，只因需要他們訓練水軍才重用此二人，現在錯已鑄成，也只好將錯就錯，對眾人說：「此二人怠慢軍法，所以斬了！」眾將驚訝不已。而後曹操於眾將中選了毛玠、于禁為水軍都督，接替蔡、張之職。

周瑜聽到蔡、張之死，大喜過望，一旁魯肅讚嘆：「都督用兵如神，何愁曹賊不破？」周瑜尋思：「諸將必定都不知道我的反間之計，只有孔明見識勝過我。」便要魯肅去試探。

孔明一見到魯肅便為都督賀喜，魯肅佯裝不解，問：「何喜之有？」孔明說：「不是公瑾要你來試探，看我知不知道嗎？我恭賀的就是這件事啊！」嚇得魯肅無言以對。孔明千叮萬囑：「公切不可在公瑾面前說我知道此事，只恐公瑾心懷妒忌要來害我。」

但魯肅還是對周瑜實話實說了。周瑜又驚又妒，「此人絕不可留！」魯肅規勸周瑜切不可魯莽，「還未真正開戰，卻先殺盟友，豈不教曹操恥笑！」周瑜不慌不忙說道：「我會讓他死而無憾的！」

　　第二天，周瑜請孔明與眾將一同議事。周瑜問孔明：「即將與曹操交戰，水路交兵，應當以何種兵器為先？」孔明說：「大江之上，以弓箭為先。」這回答正合周瑜心意，「不過現今軍中正缺箭用，想請先生監造十萬枝箭，作為應敵之用，這是公事，請先生萬萬不要推卸。」

　　孔明說：「都督吩咐，自當效勞。請問十萬枝箭何時要用？」周瑜說：「十天之內可以完成嗎？」孔明說：「曹操大軍即將來到，若等十日，必然誤事。」「那麼先生幾天之內可以完成？」孔明說：「只要三天！」周瑜吃了一驚：「軍中無戲言。」孔明說：「怎敢對都督戲言！願納軍令狀，三日做不到，甘受重罰。」

　　周瑜大喜過望，心想：「這可不是我逼你的！只要吩咐軍匠故意不備齊材料，必然誤期，那時還有什麼話說？」當面取了文書，讓孔明無可抵

賴。孔明飲了幾杯酒，告辭時說道：「三天後，都督可差遣五百小兵到江邊搬箭。」周瑜納悶，又要魯肅去探口風。

孔明一見到魯肅便不停埋怨：「我曾告訴你別在公瑾面前實說，他必來害我，你卻沒為我隱諱，今日果然出事了！三天之內怎麼造得出十萬枝箭？子敬你一定得救我！」魯肅說：「三天是你說的，這是你自取其禍，我如何救得了你！」

孔明說：「希望子敬借我二十隻船，每隻船上要軍士三十人，船上都用青布為幔，船裡放草堆共千餘束，分布在船的兩側。第三天，我包管可以得到十萬枝箭，只是不能讓公瑾知道。」

魯肅勉強答應了，卻不明白弄一些稻草與造箭有何關係？不過這一回他不對周瑜提起借船之事。周瑜滿腹狐疑：「且看他三天之後要如何回覆我！」

魯肅私自撥了輕快小船二十隻，各船派三十餘人，備妥布幔、束草等物，等候孔明調用。第一天，不見孔明動靜。第二天，也按兵不動。

第三天清晨四更時分，孔明密請魯肅到船上來，說是一同前往取箭。「到何處取箭？」魯肅一臉狐疑。那夜，長江之上大霧瀰漫，舉目望不見對岸。到五更時分，船已開近曹操水寨。孔明傳令各船把船隻頭西尾東，一字排開，船上擂鼓吶喊！魯肅吃驚：「倘若曹

操出兵如何是好?」孔明笑說:「曹操在這大霧之中,不明就裡,一定不敢出兵!我倆喝酒聊天,等霧散了就回去。」

一聽見江中擂鼓吶喊聲起,毛玠、于禁二人急忙飛報曹操。曹操當即下令:「重霧迷江,敵軍忽至,必有埋伏,切不可輕舉妄動!可撥水軍弓弩手,亂箭射之!」又差人前往旱寨,調來張遼、徐晃各帶弓弩軍三千,火速到江邊助射!

霎時,一兩萬名弓弩手齊向江中射箭,箭如雨發。不久,孔明下令把船掉頭,頭東尾西,更逼近水寨,並命令軍士擂鼓繼續吶喊。

等到日出霧散,孔明下令收船急回。二十隻船,兩邊草堆上都排滿了箭枝。臨走前,孔明還命令船上士兵齊聲高喊:「謝丞相箭!」等到士兵報知曹操時,孔明這方船輕水急,早已揚長而去二十餘里,曹操氣急敗壞,懊悔不及!

孔明指揮既定,回到船上對魯肅說:「每艘船得箭五、六千枝,共十餘萬箭。」魯肅驚訝得張口結舌:「先生真是神人啊!何以知道今日如此大霧?」孔明只淡淡的說:「為將而不通天文,不識地理,不知奇門,不曉陰陽,不看陣圖,不明兵勢,就是庸才了!我三日前已算出今日有大霧,才敢答應三日之限。」

魯肅嘆為觀止！

　　船到岸時，周瑜已差五百名軍士到江邊等候搬箭，孔明指指岸邊小船：「到船上搬吧！」而後魯肅去見周瑜，一五一十說了孔明取箭之事，說得周瑜大驚失色。

　　周瑜再見到孔明時，不得不衷心稱羨：「先生神算，使人敬服！」

　　於是兩人討論對抗曹軍之計，約定把計策寫在手心，看看想法是否相同。周瑜教人取來筆硯，兩人各自暗暗寫下計策，然後移近坐榻，各出掌中之字，互相觀看，不由得同聲大笑。原來周瑜、孔明掌中都只寫了一個字：火。

三
國
演
義

第十五章 龐統詐獻連環計，孔明建臺借東風

江東想到以火攻對付曹操的不只周瑜、孔明，還有一人，那是老將軍黃蓋！黃蓋從一開始面對曹軍南下的態度，便是積極主戰。為了讓計畫順利進行，黃蓋主動來到周瑜帳中，獻上「苦肉計」。

第二天，周瑜集合諸將於帳下，「曹操引百萬之眾來襲，不是一日可破，諸將回去各領三個月糧草，準備長期對抗！」周瑜話未說完，黃蓋卻高聲說道：「何必領三個月糧草？若是這個月能破便破，要是這個月不能破曹，只好依張昭之言，棄甲倒戈，北面投降！」周瑜勃然大怒：「我奉主公之命，督兵破曹，敢有再言降者必斬！現在兩軍交戰之際，你竟敢口出此言，怠慢軍心，不斬你首，難以服眾！」說著喝令左右拿下黃蓋，黃蓋也不甘示弱：「我是三代元老，當年追隨孫堅將軍縱橫東南時，你在哪裡？」

周瑜大怒：「把他速速斬了！」

甘寧連忙進言：「黃公是東吳舊臣，望都督寬恕。」

周瑜大喝：「誰敢多言，亂我軍紀！」命屬下把甘

寧亂棒趕出帳外，眾官全跪下求告：「黃蓋固然有罪，但此時斬我大將，於軍不利，望都督暫且記下，待破曹之後，再斬不遲！」

周瑜餘怒未消，眼看眾官苦苦哀求，只得說道：「若不是看眾人的情面，絕須斬首！今日且免你一死！」死罪雖免，但活罪難逃，周瑜命左右把黃蓋拖下去重責一百杖。眾官又苦苦告饒，周瑜憤憤叱退百官，大叫：「行杖！」來人將黃蓋剝了衣服，拖翻在地，狠狠打了五十杖。眾官再度苦苦求免，周瑜拂袖而起，指著黃蓋說道：「你敢對我倚老賣老？今日暫且寄下五十棍。再有怠慢，兩罪俱罰！」

眾官扶起黃蓋，他已被打得皮開肉綻，鮮血逆流；扶回帳中，昏厥數次。所有來慰問者見了無不感慨落淚。

黃蓋被痛打五十杖後，悄悄寫下降書，密商同僚闞澤，假扮成漁翁，當夜駕小舟來到曹軍水寨。巡江軍士捉住闞澤，連夜報知曹操。

闞澤呈上黃蓋的降書，細說黃蓋乃三世舊臣，竟被周瑜於眾官面前無端毒打之事，約定將「率眾歸降，以圖建功雪恥。糧草軍仗，將隨船納獻」。

面對黃蓋來降，老謀深算的曹操將信將疑，這時曹營在江東的密探飛書來報黃蓋受刑之事，於是曹操取酒款待，對闞澤說道：「煩先生再回江東，與黃蓋約

三國演義

定，先通消息過江，我以兵接應。」闞澤回到江東，修書密報曹操，以黃蓋來時，船頭將插青牙旗為暗號。

曹操疑惑不定，向眾謀臣問道：「誰敢直入周瑜寨中探聽虛實？」蔣幹又自告奮勇說：「上回前往東吳未能成功，深感愧疚，我願捨身再度前往，一定探得實情，回報丞相。」曹操大喜，下令蔣幹立即上船。

而周瑜在與黃蓋演出一場逼真的苦肉計之後，仍然憂心火攻之計不能成功。這時魯肅推薦了一位賢士，那就是水鏡先生曾對劉備推崇的伏龍、鳳雛之一的鳳雛——龐統。周瑜派魯肅求教龐統有何計策可破曹兵？龐統說：「大江之上，一船著火，餘船一定會向四方散去，除非有人去獻『連環計』，教他們把船釘在一起，然後大功可成！」周瑜深感佩服，有意派龐統去執行此計，又怕曹操奸猾，必有警覺。正在苦無對策之時，來人報說蔣幹來到江邊。周瑜大喜過望：「我東吳的成敗，就在這個人身上了！」便吩咐請蔣幹來見。

周瑜一見蔣幹入寨，便沉下臉來責備日前盜書之事，教左右把蔣幹送到西山庵中歇息，「留你在軍中，怕你又洩漏軍情，待我破了曹操再渡你過江！」

蔣幹在庵裡心中憂悶，寢食不安。夜裡，獨自在庵後散步，卻聽見讀書之聲。他尋聲而往，看到山中草屋裡透出燈光，只見屋中一人掛劍燈前，正誦讀兵

書。蔣幹心想：「這一定是個高人！」他便上前敲門請見。那人開門出迎，儀表不俗。蔣幹問他姓名，回說：「姓龐名統。」蔣幹吃驚：「莫非是鳳雛先生？」龐統稱是。蔣幹大喜：「久聞先生大名，為何避居於此？」龐統答說：「周瑜恃才傲物，不能容人，因此避居在此。」

龐統邀請蔣幹進入草庵，同坐談心。兩人話語投機，蔣幹說動了龐統投效曹操。於是兩人連夜下山。到了江邊，尋見蔣幹來時所乘船隻，兩人飛櫂前往江北。

曹操聽到鳳雛先生來到，親自出帳迎接，立刻請教龐統破吳之計。龐統說：「久聞丞相用兵有法，今願能一睹軍容。」於是兩人並馬登高而望。龐統讚嘆這依山傍林的軍事布署；接著又同觀水寨，戰艦排列浩浩蕩蕩，猶如城郭，而大艦之間藏有小船，往來有巷，起伏有序，真是名不虛傳！龐統讚賞有加，指著江南說：「周郎！周郎！剋期必亡！」說得曹操心花怒放。

兩人回到寨中，飲酒談兵，非常投機。龐統假裝已有醉意，問曹操軍中可有良醫？曹操不解，龐統說：「水軍多疾，須有良醫。」此話正中下懷，因北方軍士南來，已有不少因水土不服病亡，更因不習慣水戰，多有嘔吐暈眩之疾，這是曹操心中最憂慮之事，聽到龐統提起，如何能不趁機請教？

於是龐統獻了連環計，說：「大江之中，潮起潮落，風浪不息；北兵不慣乘舟，便生疾病。若以大船小船配搭，三十艘或者五十艘為一排，頭尾用鐵環連鎖，上鋪寬板，不但人可以過，連馬都能走。這一來，任它風浪潮水上下，都不足懼了！」曹操讚嘆拜謝，並馬上傳令軍中鐵匠打造連環大釘，鎖住船隻，軍士無不歡喜。而後龐統以江東不少豪傑皆怨周瑜恃才傲物為由，說將回江東為丞相說服眾人來投降，拜別曹操而去。

龐統走後，一個月光皎皎的夜晚，曹操與文武眾官登大船之上，舉目見南屏山色如畫，四野空闊，頓覺江山在握，與眾官飲酒酣醉。談笑間，忽聞鴉聲，一隻烏鴉向南方飛鳴而去。曹操心有所感，寫下了他這一生最膾炙人口的詩歌短歌行。

遙望江邊，鐵鎖連舟，船隻平穩，曹操志得意滿，但這時，程昱卻提出了心中的疑慮：「所有船隻皆連環鎖住，固然平穩，但若對方採取火攻，將難以迴避，不可不防！」

曹操大笑：「程仲德雖有遠慮，卻還有見識不到之處。凡用火攻，必須借助風力，方今隆冬之

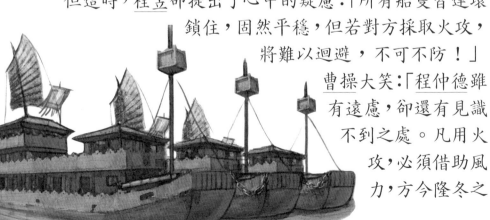

際，只有西風、北風，哪有東風、南風？」眾將拜服說道：「丞相高見，眾人不及！」

這時，周瑜也帶領眾將立於山頂，遙望江北水面，看江北戰船如蘆葦之密，曹兵陣容聲勢確實不容小覷。

觀望良久，忽見曹操寨中被風吹折了中央黃旗，飄入江中。周瑜大笑：「這是不祥之兆啊！」此時狂風大作，江中波濤拍岸，一陣風過，刮起了旗腳，從周瑜臉上拂過。周瑜猛然想起一事，激動得大叫一聲，口吐鮮血，便往後一倒，不省人事！

眾人把周瑜救回帳中，諸將都來慰問。面對江北百萬之眾，生死存亡之際，主將竟然病倒，眾人皆不知所措。魯肅更是憂心忡忡來見孔明，不料孔明卻胸有成竹的說：「公瑾之病，亮能醫治。」魯肅大喜，即請孔明同去探病。

兩人來到周瑜床前。孔明說：「連日不見，公瑾怎的忽然貴體不安？」周瑜說：「人有旦夕禍福，豈能自保？」孔明意味深長的回說：「『天有不測風雲』，人又豈能預料？」周瑜聽出孔明話中有話，臉上燃起希望：「請先生賜教！」

孔明索取紙筆，屏退左右，祕密寫下十六個字：「欲破曹公，宜用火攻。萬事俱備，只欠東風！」然後遞給周瑜，說：「這就是都督的病源了！」周瑜見了

暗暗心驚：「此人真是神人，早已知我心事！」便苦笑著說：「先生已知我病源，將以何藥醫治？」

孔明說：「亮雖不才，曾遇異人傳授奇門遁甲天書，可以呼風喚雨。都督若要東南風時，可於南屏山建七星壇，高九尺，共三層，派一百二十人，手執旗幡圍繞。亮於臺上作法，借三日三夜東南大風，助都督用兵，如何？」

周瑜一聽立刻不藥而癒，精神百倍：「別說三日三夜，只需一夜大風，大事可成了！」

周瑜立刻傳令差五百精壯軍士，前往南屏山築壇。

孔明擇定了吉日吉辰，沐浴齋戒，身披道衣，來到壇前。他嚴令守壇將士不得擅離方位，不得交頭接耳、失口亂言、大驚小怪，違令者斬！眾將領命後，孔明緩步登壇。他焚香於爐，注水於盂，仰天暗暗祝禱，然後下壇入帳中歇息。他一日上壇三次下壇三次，卻並未見到有東南風起。

軍中，周瑜已請程普、魯肅一班軍官在帳中等候，只待東南風起，便派兵出擊。黃蓋則準備了火船二十隻，船內裝載著灌了油的蘆葦、乾柴，上鋪硫黃、焰硝、引火之物，各用青布遮蓋。

各處兵將全都布署好了，只等周瑜一聲號令。然而一整天等下來，夜晚來到，卻仍然微風不動。周瑜

疑惑的對魯肅說：「看來孔明是胡說，隆冬之時，怎可能吹東南風？」魯肅卻對孔明深信不疑：「我想孔明不會胡亂誇口。」

將近三更時分，忽然聽到風聲響起，旗幡轉動。周瑜急忙步出帳外察看，旗腳竟飄向西北，霎時間，東南風大起！

周瑜駭然！心想：「此人真有奪天地造化之法，鬼神不測之術。留下此人，將是我東吳禍根！」暗暗決定殺掉孔明，以絕後患。急喚帳前護軍校尉丁奉、徐盛二將各帶一百人分陸路、水路前往南屏山七星壇前，擒住孔明立即斬首，拿首級來請功！

陸路人馬迎著東南風來到南屏山，遠遠見到壇上執旗將士當風而立，丁奉下馬，提劍上壇，卻不見孔明。問守壇將士，說孔明剛才下壇去了。丁奉忙下壇尋找，這時徐盛船隊已到，兩人聚在江邊，小卒報說：「昨晚一隻快船停在前面灘口。剛才見孔明披髮下船走了。」

丁奉、徐盛又分水陸兩路追擊。見孔明船，徐盛在船頭上高聲大叫：「軍師留步，都督有請！」只見孔明站在船尾，笑著說：「請回覆都督，好好用兵，諸葛亮先回夏口，來日再見！」徐

三國演義

盛還要追趕，孔明說：「我料到都督一定不能容我，預先安排子龍來接我，將軍不必追趕。」徐盛不信，只顧追趕，等兩船靠近時，赫然望見一人拈弓搭箭雄立船尾，正是趙雲！趙雲大喝一聲：「我乃常山趙子龍，奉令特來迎接軍師，本待一箭射死你，又怕傷了兩家和氣。教你看看我的本事吧！」話才說到這，箭已發出，一箭射斷徐盛船上的篷索。船篷墜下落水，船便打橫了。此時，趙雲的船已拉滿帆，乘順風而去。

趙雲船行如飛，追也追不上了。丁奉喚徐盛上岸回報去吧！他說：「諸葛亮神機妙算，人不可及；趙雲更有萬夫不敵之勇，你記得他當陽長坂坡那一仗吧？」這一說，徐盛不再追趕了。二人回見周瑜，說孔明早已預先約定趙雲等在江邊迎接去了。周瑜驚異無可復加，然而東南風起，戰事在即，對付孔明之事，也只有來日再說了。

第十六章 周瑜赤壁用兵，關羽華容擋曹

　　周瑜分六路軍準備大戰曹操；另外，黃蓋安排火船二十隻，令小兵飛書去約定曹操，說今夜將會來降。赤壁之戰，隱然就要展開。

　　孔明與劉備則在陸路方面以逸待勞，準備迎接敗走的曹操。孔明安排趙雲帶三千軍馬，渡江直取烏林小路埋伏：「今夜四更以後，曹操必然從那條路逃走。等他軍馬經過，從半途放起火來，雖不殺他盡絕，也殺他一半！」

　　趙雲說：「烏林有兩條路，一條通南郡，一條取荊州。不知曹操會向哪條路來？」孔明說：「南郡之路險峻，曹操不敢走，一定走往荊州的大路，然後投往許都。」趙雲領命而去。

　　孔明又喚張飛：「翼德可領三千兵渡江，截斷彝陵這條路，去葫蘆谷口埋伏。曹操不敢走山路，一定取大路走。來日雨過，必然在此埋鍋造飯。只要看見煙起，便在山邊放起火來。雖然還捉不得曹操，翼德這場功勞也不會小！」張飛也歡喜領計去了。

　　然後孔明對劉備說：「主公可於樊口屯兵，憑高而

望，坐看今夜周郎成大功。」

這時關羽就在身邊，孔明卻不理睬，關羽再也忍耐不住，高聲說道：「關某自隨兄長征戰，許多年來未曾落後，今日逢大敵，軍師卻不任用，請問這是何故？」

孔明淡淡的笑說：「雲長勿怪！我本來想煩閣下把守一個最要緊的隘口，怎奈有些違礙之處……」關羽立刻打斷：「有何違礙？願聞其詳！」孔明說了：「昔日曹操待先生甚厚，您理當回報他的。今日曹操兵敗一定走小路——華容道。若令您守華容道，必然放過他，因此不敢派您前去。」

關羽大為不服：「軍師太多心了！當日曹操確實待某恩重，某已斬顏良、誅文醜，報答過他了。今日撞見，豈肯輕放？」孔明說：「倘若放了，卻怎麼辦？」關羽說：「願依軍法處置！」孔明說：「既如此，立下軍令！」關羽便立了軍令狀，但反問孔明：「如果曹操不從那條路來，又如何呢？」孔明說：「那麼我也立個軍令狀！」關羽大喜。孔明再吩咐道：「雲長可於華容小路高山之處堆積柴草，放起一把煙火，引曹軍來。」關羽大惑不解：「曹操望見煙火，知有埋伏，如何肯來？」孔明笑說：「沒聽說兵法虛虛實實？曹操雖能用兵，但見到煙起，一定認為這是虛張聲勢，反而要投這條路來。將軍可莫要放過了他！」關羽將信將疑，

帶著關平、周倉領了命而去。

關羽走後，劉備說：「我這個弟弟義氣深重，如果曹操果然投華容道去，只怕真的放了他。」孔明嘆口氣：「亮夜觀星象，操賊命不該絕，不如就留這個人情讓雲長做了，也是美事。」劉備點點頭：「先生神算，世所罕見！」孔明便與劉備前往樊口，觀看周瑜用兵。

那時東風大作，波濤洶湧。曹操在中軍，遙望隔江。月光照耀著江水，如萬道金蛇，翻波戲浪，曹操雄心萬丈。這時江南隱隱一簇帆幔順風而來，船上插著青牙旗，其中大旗上寫著「先鋒黃蓋」四個大字，曹操大喜，「黃蓋依約來降，是天助我也！」

那船漸漸駛近，程昱觀望良久，對曹操說：「來船有詐！且勿教它靠近！」曹操不解：「何以知道有詐？」程昱說：「糧在船中，船必穩重。現在看那來船，輕而且浮。且今夜吹起了東南風，倘使有詐，該如何是好？」曹操猛然醒悟，令文聘前往攔阻。

文聘跳下小船開往江心，立在船頭對來船大喊：「且在江心停住！不得靠近水寨！」話未說完，只聽弓弦一響，文聘已被射中左臂，倒在船上。

黃蓋船隊距離水寨只有二里水面，黃蓋用刀一招，前船一齊起火，火乘風威，風助火勢，一時船如箭發，煙火蔽天！那二十隻火船撞入了水寨，曹寨中船隻要

時火起，又被鐵環鎖住，無處可逃！

忽然隔江砲聲響起，四下火船齊到，但見三面江上，大火蔓燒，一派通紅，漫天徹地！船上的曹操四下瞭望，震驚得說不出話。黃蓋跳在小船上，冒著煙火來尋曹操，曹操大驚失色，幸而張遼駕一小船趕到，才扶曹操上得小船，背後那大船已著火燃燒了！

黃蓋高聲大叫：「曹賊休走！黃蓋在此！」張遼拈弓搭箭，一箭射去。黃蓋大風大火之中聽不見弓弦響聲，一箭正中肩窩，翻身落水。幸而韓當船到，一把撈起了黃蓋。不多時，滿江已是滾滾紅火，喊聲震天，周瑜、程普等都來會合，殺得曹軍著槍中箭、火焚溺水者不計其數。近百萬曹兵潰不成軍，四下逃散。

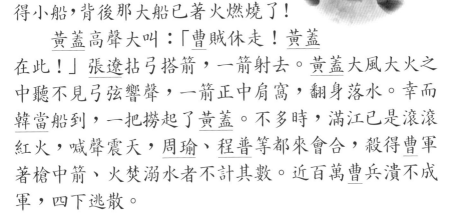

曹操從江中逃得性命，與張遼帶領百餘騎在火林內狂奔，而後從地面空闊的烏林奔逃。一路有徐晃、馬延、張顗等將領會合保護，匯集了一千軍馬，曹操才稍微安心。縱馬加鞭走到了五更，回望火光漸遠，眼前樹林叢雜，山川險峻，曹操問：「這是何處？」左右回答說：「這裡是烏林之西，宜都之北。」死裡逃生

的曹操，卻在馬上仰天大笑起來！諸將不解：「丞相為何大笑？」曹操說：「我不是笑別人，我笑周瑜無謀，諸葛亮少智！若是我來用兵，預先在這裡埋伏一軍，誰能奈何？」話未說完，兩邊鼓聲震天，火光沖天而起，驚得曹操幾乎墜馬！眼前殺出一隊軍馬，為首的將軍大叫一聲：「我趙子龍奉軍師將令，在此等候多時了！」曹操教徐晃、張郃抵擋趙雲，自己轉身而逃！趙雲殺了一些人馬，倒不追趕。

天色微明了，卻有黑雲籠罩，此時東南風尚未停歇。忽然一陣傾盆大雨，溼透了軍士的衣甲。曹操與軍士冒雨而行，士兵們飢腸轆轆，曹操命軍士到村落中劫掠糧食，尋覓火種，準備到前方擇地造飯。一行人來到了岔路，一邊是南彝陵大路，一邊是北彝陵山路。曹操問：「哪裡距南郡、江陵較近？」軍士稟報取南彝陵過葫蘆口去最近，曹操便選了南彝陵這條大路。大隊走得人困馬乏時，便在山邊找尋乾地埋鍋造飯，割馬肉煮來吃，並且脫去溼衣，迎風吹晾，暫得片刻休憩。

曹操坐在疏林之下，忽然又仰面大笑。眾官惶恐不已：「剛才丞相笑周瑜、諸葛亮，便引出了趙子龍，折了許多人馬，如今為何又笑？」

曹操說：「我笑諸葛亮、周瑜畢竟智謀不足。若我用兵，就這個去處也埋伏一支兵馬，以逸待勞──」

正要分析此處地形，前後忽然一聲大喊，曹操嚇得肝膽俱裂，被眾將擁著上馬，四下煙火已布滿山口，一軍擺開，為首的正是那長坂坡一喝退千軍的張飛！眾人一見張飛，盡皆膽寒，許褚、張遼、徐晃聯手對付，讓曹操撥馬先走。

曹操迤邐奔逃，追兵漸遠，回顧眾將，多已受傷。前方又來到了岔路，前行軍報說：「前面大路稍平，小路華容道地窄路險，卻近五十餘里。」曹操沉吟了一番，遣人上山觀望，回報說小路山邊有數處煙起，大路並無動靜。曹操立刻決定走華容小道！諸將疑惑：「烽煙起處，必有軍馬，何故反走這條路呢？」

曹操笑說：「虛則實之，實則虛之！諸葛亮多謀，故意派人在荒僻小路燒煙，使我軍不敢從這條山路走，他卻伏兵在大路等候。我偏不中他的計！」眾將嘆服：「丞相妙算，人所不及！」

華容道山路崎嶇，眾軍也已累得虛脫，各個焦頭爛額，而且剛才慌忙上馬，眾人衣甲不全，又是隆冬嚴寒之時，真是苦不堪行！一路累倒、病倒、傷勢不治者不可勝數，號哭之聲，不絕於途。曹操不耐煩，大怒說：「生死有命，何必啼哭？再哭者立斬！」眾人噤聲，直到過了險峻山路，曹操回顧身邊，竟只剩下三百餘騎跟隨。

又走了幾里路，跟隨者已經再無力氣了，曹操卻

在馬上揚鞭大笑起來！眾人真害怕曹操發笑，戰戰兢兢問道：「丞相何故又大笑？」曹操說：「人們都說周瑜、諸葛亮足智多謀，我看，到底還是無能之輩。如果這裡埋伏一旅軍隊，我等只有束手就擒了！」才說完，一聲砲響為曹操接話，兩邊出現五百名刀手，為首大將跨著赤兔馬，提一口青龍偃月刀——正是過五關、斬六將的關雲長！曹兵見了，無不亡魂喪膽，面面相覷。

　　曹操深吸一口氣，「既已至此，只有決一死戰！」然而倖存的軍士們無不精疲力竭，根本無力作戰，程昱提醒曹操：「素知雲長傲上而不忍下，欺強而不凌弱，恩怨分明，講信重義。丞相舊日有恩於他，何不親自動之以情？」曹操想想有理，何況此時硬拚，是絕拚不過的！他放下身段，縱馬向前，欠身對關羽問候：「將軍別來無恙？」關羽也欠身答禮，說：「關某奉軍師令，等候丞相多時。」

　　曹操說：「曹操兵敗勢危，到此無路。望將軍以昔日之情為重。」關羽正色說：「昔日關某雖蒙丞相厚恩，但已斬顏良、誅文醜，解白馬城之圍，回報過丞相了，今日之事，怎敢以私廢公？」曹操又說：「五關斬將之事，還記得否？」那

時曹操不曾究責，放走了關羽，今日落難至此，一句「還記得否」深深打動了關羽，再看看眼前的曹軍，各個惶惶不已，心中愈發不忍。關羽嘆口氣，把馬勒回，對眾軍說：「四散擺開！」這分明是要放走曹操的意思。曹操一見關羽回馬，馬上和眾將一起向前衝。等關羽再回身，曹操已與諸將先衝過去了，關羽大喝一聲，餘下的曹軍紛紛下馬，哭拜於地。關羽愈加不忍，猶豫間，張遼驟馬而來，一見張遼，關羽長嘆一聲，全部放過了。

　　曹操死裡逃生離開華容道，行到谷口時，回顧隨行軍兵，一共只剩下二十七騎！

　　曹操一行人狼狽的回到北方，留下曹仁守住南郡。臨別前，曹操拿出一封信，將曹仁喚來：「我今暫回許都重整軍馬，日後必來報仇！你要竭力保全南郡，我有一計，不到危急之時不可打開；危急時，當依計行事，必能使東吳不敢輕視我軍！」

　　卻說關羽放了曹操，黯然帶兵回到夏口。這時諸路人馬皆得勝而回，帶回大批馬匹、器械、錢糧，唯獨關羽不獲一人一騎，空手而回。

孔明一聽見關羽來到，連忙離席相迎，說：「恭喜將軍立此蓋世之功，除普天下之大害！」關羽默然無語。孔明說：「將軍莫非因吾等不曾遠迎，因此不樂？」說著斥責左右：「為何不先通報？」關羽卻說：「關某特來請死！」孔明故作吃驚：「莫非曹操不曾投華容道上來？」關羽說：「是從那裡來。關某無能，因此讓他走脫了。」「那麼捉拿了哪些將領？」「一個也沒有！」

孔明說道：「想是將軍念曹操昔日之恩，故意放了。但既有軍令狀在此，不得不按軍法行事。」喝令武士將關羽推出斬了。這下劉備可急了，急忙勸阻：「昔日我們三人結義，誓同生死。今雲長雖犯軍法，但不忍違卻前盟。望以記過，日後將功贖罪！」孔明本來也只是裝腔作勢，劉備一勸，自然就順水推舟不追究了。

第十七章 孔明三氣周瑜

赤壁之戰曹操大敗回到北方，周瑜收軍點將，各個敘功獎勵，接著大犒三軍，準備攻取由曹仁留守的南郡。

這時劉備、孔明等順勢移兵到江陵南邊油江口。周瑜看出他們也有乘機攻取南郡之意，便帶了三千軍馬，與魯肅一同前往見劉備。孔明心知周瑜為南郡而來，為劉備擬好應對之法，教劉備設宴款待。

席間，劉備與周瑜打賭，說：「曹仁勇不可當，勝負未可定，恐都督不能取！」周瑜對劉備誇下海口：「我若取不得南郡，那時任從公取！」

周瑜自信滿滿，回寨後立即布署，派丁奉攻城。

而曹仁奉命守衛南郡，吩咐曹洪駐守彝陵。這時來人報說：「吳兵已經渡過漢江來了！」曹仁對眾將說道：「吳軍挾勝仗而來，銳不可當，我軍當採取堅守不戰的策略。」這時一名驍勇的騎兵牛金朗聲說道：「兵臨城下而不出戰，是怯懦的行為！何況我軍剛敗，正應當重振士氣！我願借精兵五百，決一死戰！」曹仁大為感動，立即撥五百軍讓牛金出戰。

丁奉縱馬來迎，才戰四、五回合，丁奉便詐敗，

牛金引軍追趕入陣，被吳軍團團圍住。這時曹仁在城上，遠遠望見牛金遭到圍困，立刻披甲上馬，帶領數百騎兵出城，揮刀殺入吳陣，救出了牛金等數十餘騎，不但突破重圍，更殺得吳軍敗走。

不久前才把曹操趕回北方的吳軍，竟然敗於曹仁之手，周瑜大驚，趕忙點兵，準備跟曹仁決一死戰。甘寧挺身制止說：「都督不可意氣用事！現在曹仁命令曹洪據守彝陵，我願以精兵三千先去攻打彝陵，挫其銳氣，而後都督可取南郡！」

這時有探子連夜報知曹仁甘寧將攻打彝陵之事。曹仁唯恐彝陵如果失守，南郡也將不保，便派曹純、牛金暗地帶兵救援，命曹洪先出城誘敵。

甘寧帶兵來到彝陵，曹洪出戰，交鋒二十餘回合，曹洪故意敗走，甘寧奪取了彝陵，到黃昏時，卻有曹純、牛金加上曹洪三方人馬圍攻彝陵，甘寧反陷於城中。

探馬飛報甘寧被困，周瑜星夜起兵浩浩蕩蕩前往彝陵救援。雙方混戰一場後，曹洪、牛金等敗走。周瑜順利攻下彝陵，救出甘寧，更準備一鼓作氣再去攻打南郡。

曹仁丟了彝陵，回到南郡城中，情勢危急，這時想起曹操給的信，立即拆信觀看，讀完大喜，傳令教全軍準備天明時棄城而走，但在城上遍插旌旗，虛張

聲勢，軍隊分三門而出。

　　周瑜來到南郡城外，從高處遠遠望見矮牆上虛插旌旗，無人守護，又見到曹軍士兵腰下各束縛包裹，暗想：「曹仁必定準備退走！」便指揮眾軍前進。兩軍交戰三十餘回合，曹軍大敗。周瑜親自追至城下，見城門大開，城上又無人，便令眾軍搶城，並且親自縱馬入城。這時一聲梆子響，忽然兩邊弓弩齊發，箭如驟雨而下，爭先入城的都落入陷坑。周瑜勒馬回頭，卻被一箭射中左肋，翻身落馬。吳兵大亂，自相踐踏、落坑者無數，大敗而回。

　　周瑜被部將搶救回來，中箭的傷口痛不可當，軍醫說：「那箭頭上有毒，瘡口一時不能痊癒，近日千萬不可激動！」

　　曹軍知道周瑜重傷，故意派兵每日怒罵叫戰。周瑜雖然瘡痛，心中自有主張。這日，曹仁又帶兵來叫戰，周瑜不顧眾將攔阻，披掛上陣，來到陣前，痛罵：「曹仁匹夫，以為我周瑜怯戰了嗎？」曹仁回頭命令諸將繼續痛罵周瑜。眾將罵聲不絕，周瑜大怒，縱馬上前，尚未與曹軍交鋒，忽然大叫一聲，口中噴血，墜下馬來。曹兵衝上前來，東吳眾將上前抵擋，混戰一場，救起了周瑜。

　　周瑜回到帳中，程普問道：「都督為何不珍惜貴體？」周瑜祕密對程普說道：「這是我的計策！我其實

已經沒有多大痛楚了，是故意讓曹兵以為我已病危。今夜，可命心腹軍士去城中詐降，說我已死。曹仁必來劫營，我軍可於四下埋伏，甕中捉鱉。」程普大喜：「此計甚妙！」隨即在帳下哀聲痛哭，眾軍大驚，紛紛傳言：「都督箭瘡大發而死了！」各營皆掛孝舉哀。

曹仁果然中計大舉來攻，中了吳軍的埋伏，大敗退回南郡，又被甘寧攔截，只得朝襄陽逃走。吳軍也不追趕，周瑜、程普集合眾軍來到南郡城下，不料卻驚見城上插滿了旌旗，敵樓上一將大喊：「都督莫怪，我奉軍師將令，已取城了。我乃常山趙子龍也！」周瑜大怒，命左右攻城，城上卻有亂箭射下！

周瑜進不得城，傳令：「我軍且回城，甘寧先率領數千軍馬去取荊州，凌統率兵去取襄陽，然後再回頭來取南郡……」正號令分派時，探馬來報說：「諸葛亮得了南郡之後，取得曹仁的兵符，用兵符連夜詐調荊州守城軍馬出動援救，卻乘機教張飛去襲取了荊州！」周瑜還未回過神來，又一探馬來報：「夏侯惇在襄陽，被諸葛亮差人出示兵符詐稱曹仁求救，誘使夏侯惇出兵，卻教關雲長襲取了襄陽！」

荊州、襄陽兩處城池不費一兵一卒，全歸了劉備！周瑜大叫一聲，傷口迸裂，鮮血直冒，昏了過去！

周瑜用計策、損兵馬、費錢糧，好處卻全教劉備撿走，如何不恨？想要起兵攻打劉備，魯肅說道：「萬

萬不可，今日正與曹操敵對之中，如果我方自相殘殺，那劉備與曹操舊交深厚，一旦逼急了，劉備隨時可以獻城池，與曹操結盟，一同攻打東吳，那將如何？」

周瑜勉為其難嚥下這口氣，讓魯肅去跟劉備說理。但魯肅怎說得過孔明！孔明抬出劉表，說道：「荊州本來就是劉表的基業，劉表臨終時囑託劉皇叔輔佐公子劉琦，劉公子尚在，這不過是物歸原主！」魯肅說道：「若是劉琦公子占了荊州，還算有理，但恐怕劉公子人在江夏，不在此處吧！」孔明點點頭：「先生是想見劉公子嗎？」說著，便命人請劉公子出來見客。只見兩名侍者從屏風後扶出劉琦。魯肅吃了一驚，不過，他觀察劉琦身體虛弱，看來已病入膏肓，想了想，便問道：「那麼如果他日劉公子不在了呢？」孔明說：「公子在一天，便守荊州一天。若不在，則另做商議。」魯肅說道：「若公子不在了，須將城池還我東吳。」孔明只含糊承應：「子敬說的是！」

周瑜雖憤恨難消，事已至此，也不得不先班師回柴桑養病。

劉備在赤壁戰後，得到荊州諸郡以及黃忠、魏延諸將，勢力漸漸鞏固，但在建安十四年這一年，又生變數。劉表的長子劉琦，果然應了魯肅的預判，在當日相見不到一年的時光，便病故了。

半個月後，魯肅前來弔喪，孔明、劉備心知魯肅來意。果然，祭拜之後，魯肅迫不及待便提歸還荊州之事。孔明一方面正色責備孫權，說荊州本非東吳土地，不該貪圖非分之土，荊州不過歸還漢室，且赤壁之戰，劉備等皆將士用命，加上自己借得東風，並不獨是東吳之力；一方面又連哄帶騙，說動魯肅做保人，由劉備立下文書，暫借荊州為本，等到劉備取得其他城池時再交付東吳。魯肅無奈問個仔細：「待奪得何處，才還我荊州？」孔明說：「中原一時未可圖，西川劉璋治國無能，若得到西川，便歸還荊州。」魯肅只得押了字，收了文書回東吳。

周瑜一看魯肅沒討還荊州，卻帶回一紙文書，又中孔明之計，氣得頓足。他深知魯肅實在是個老實人，也只得另做打算。

不久，周瑜派手下打聽荊州動靜，卻聽到城中掛起了孝，原來是甘夫人過世，立刻計上心頭。孫權有個妹妹，極其剛勇，房中擺滿兵器，侍婢數百名平常也都帶刀，男子都不可及。若能教人去荊州說媒，以

孫權之妹為餌，把劉備騙到江東南徐來入贅，便可幽禁劉備，再派人去討荊州交換劉備。於是他寫了書信命人送到孫權處。

孫權讀信，點頭暗喜，當下便派呂範前往荊州說親。

孔明心知是計，仍讓劉備一概都應承了，他說自有妙計，包管荊州丟不了，還讓劉備賺一個夫人！劉備對於親身到虎穴去冒險，非常疑慮，但孔明已定下三條計策，並教趙雲一路隨行保護。他把計策放在三個錦囊之中，令趙雲貼身帶著，到時依次打開錦囊，自有對應之道。

這時是建安十四年，冬十月，劉備悶悶不樂的被孔明送上了船，與趙雲、孫乾隨行五百人一行來到南徐。船一靠岸，趙雲打開第一個錦囊，看了計策，便吩咐隨行軍士都披紅掛綵，入城買辦喜事物件，並到處宣傳：「劉備入贅東吳！」弄得城中人盡皆知。同時讓劉備牽羊擔酒的，先去見江東名人──兩大美女大喬、小喬的父親喬國老。

喬國老見過劉備之後，馬上去向吳國太賀喜。吳國太一頭霧水：「何喜之有？」喬國老說：「令嬡已許配劉玄德為夫人，今玄德已到，何必相瞞？」吳國太茫然：「老身不知此事！」打聽之下，原來城中早已人

三國演義

人盡知！

等到孫權到後堂來向母親請安，吳國太搥胸痛哭：「你招劉玄德為婿，為何瞞我？女兒可是我的！」孫權萬沒想到此事竟已傳到母親耳裡，連忙解釋說這只是周瑜之計，誆騙劉備來此，好換荊州；否則，便斬了劉備。吳國太更是氣不打一處來，痛罵道：「那周瑜做個六郡八十一州的大都督，想不出半條計策去取荊州，卻拿我的女兒為名，若殺了劉備，我女兒豈不是望門寡，將來再怎麼說親？」一旁喬國老也幫腔，說：「用這種計策，便是得了荊州，也教天下人恥笑，事已至此，劉皇叔乃漢室宗親，不如就招他為婿，也不致辱沒了令妹！」吳國太以女兒為重，說：「我不認得劉皇叔，明日把他約到甘露寺見，若不中我意，隨你們便，若中我意，我自把女兒嫁他！」

孫權是大孝之人，母親一說，只得唯唯諾諾出來，喚呂範到甘露寺設宴。呂範建言安排三百名刀斧手，埋伏兩廊，到時只要吳國太不滿意，立刻拿下劉備！孫權馬上吩咐賈華去辦。

第二天，劉備內披細鎧、外穿錦袍，與趙雲等浩浩蕩蕩來到甘露寺。吳國太一見劉備器宇不凡，不禁大喜，對喬國老說：「真是吾婿的風範啊！」喬國老也大讚：「玄德有龍鳳之姿，天日之表，更有仁德美名，國太得此佳婿，可喜可慶！」

不久，趙雲帶劍進來，吳國太一見他的英姿，知道正是長坂坡救阿斗的好漢，更是讚不絕口：「真是大將軍之姿啊！」這時卻聽到趙雲說廊下四處有刀斧手埋伏，劉備施禮向吳國太哭訴：「若要殺劉備，現在就請下手吧！」吳國太大怒，當場把孫權痛罵一番，孫權忙把責任推到呂範身上，說自己並不知情。呂範又往手下賈華身上推。吳國太痛罵賈華，喝令左右：「把賈華推出去斬了！」劉備說道：「這時斬大將，恐對婚事不吉。」若不是看在劉備求情的分上，賈華腦袋差點不保，刀斧手們全都嚇得抱頭鼠竄而去！

吳國太對劉備滿意極了，教他搬到書院暫住，擇日完婚。幾天之後，東吳大排筵席，讓孫郡主與劉備結親。

宴罷，親友散去之後，劉備進入新房，燈光之下，只見槍刀滿室，每個侍婢均佩劍懸刀，嚇得劉備魂不附體！管家婆見狀連忙進來解釋：「貴人勿驚！夫人自幼好武藝，常令侍婢擊劍為樂，所以房中陳列兵器。」孫夫人一旁笑說：「廝殺半生，還怕兵器？」命人把兵器撤去！當夜，劉備與孫夫人結為夫妻，兩情歡洽。

孫權眼看弄假成真，修書問周瑜該如何是好。周瑜也是大吃一驚，坐立不安，良久又生一計，回信給孫權，說：「劉備出身寒微，又奔走天下，未曾享受富貴，若能提供華堂大廈、金帛美色，應能喪其心志，

疏遠關、張、諸葛，讓他們互相生怨，那時再出兵，荊州可圖！」孫權大喜，即日修整東府，廣栽花木，提供種種賞玩之物，吳國太也只道孫權是好意，喜不自勝。

　　劉備被聲色所迷，再不想回到荊州。而趙雲與五百軍士，終日無事，每天到城外射箭走馬，擔心長此下去不是辦法。眼看年底到了，猛地想起孔明那時交付三個錦囊，說是一到南徐，開第一個；住到年終，開第二個；臨到危急無路時，開第三個，內有神出鬼沒之計，可保主公回家！第一個錦囊，已派上用場了，現在歲已將終，眼看劉備貪戀女色，避不見面，忙把第二個錦囊拆開看看。「原來如此──」

　　當天，趙雲就到府中見劉備，驚慌說道：「今早孔明軍師使人來報，說曹操要報赤壁鏖兵之恨，起精兵五十萬，殺奔荊州而來！請主公快回。」劉備躊躇不知如何向孫夫人開口，其實孫夫人隔簾早已聽到消息。性情果決的孫夫人，立刻拿定主意，為避免孫權阻擋，對吳國太謊稱與劉備到江邊

三國演義

186

祭祖，準備不告而去。

　　孫權得知劉備逃走，急令陳武、潘璋帶五百軍去追回。陳、潘走後，程普說：「以郡主的脾氣和本事，只怕陳武、潘璋帶不回劉備！」孫權索性將自己所佩之劍，交給蔣欽、周

泰：「以此劍去取我妹及劉備頭來，違令者立斬！」

　　劉備等人來到柴桑交界，望見後面塵土大起，知道追兵來到，轉過山腳，又有一隊軍馬攔住去路，原來是周瑜怕劉備逃走，早已派徐盛、丁奉帶三千軍馬在此紮營等候。前有攔截，後有追兵，該如何是好？趙雲想起孔明還有第三個錦囊。劉備看了錦囊之計，來到孫夫人面前，流淚對孫夫人說道：「昔日吳侯與周瑜同謀，以夫人為誘餌，想要囚禁劉備，奪取荊州。劉備素知夫人有男子胸襟，不懼萬死而來！昨日聽說吳侯將加害於我，因此假託荊州有難，幸得夫人不棄，與我同歸荊州。現在吳侯又令人在後追趕，前有周瑜截路，現只有夫人能解此禍！」

　　孫夫人大怒，「兄長竟不以我為親骨肉！那周瑜更是大膽可惡！」捲起車簾，向徐盛、丁奉大喝一聲：「你兩人要造反嗎？」徐、丁二人一見是郡主，嚇得棄了軍器，唯唯諾諾，推說都是周都督的命令，不干

他兩人的事。孫夫人痛斥：「你們只怕周瑜，就不怕我？周瑜殺得你們，偏我殺不得你們？」徐、丁想想自己是下人，豈敢為難郡主，只得放條大路讓劉備車隊通過。

才走五、六里，背後陳武、潘璋趕到，孫夫人照樣劈頭先痛罵一頓：「就是你們這些人，離間我兄妹不和！我已嫁人，今奉母命與夫婿一同歸去，又不是私奔，便是我哥哥來，也須依理行事，你二人倚仗兵威，要殺害我嗎？」罵得陳、潘等面面相覷，心想：「人家一萬年也是兄妹，更有國太作主，明日翻過臉來，都是咱們的錯！」猶豫之間，又一軍旋風般趕到，乃是蔣欽、周泰，這回更帶了孫權一口劍在此，蔣欽對徐盛、丁奉等四將說道：「我等奉命先殺他妹，再斬劉備，違者立斬！」但劉備一行早已走遠，眾軍一路沿江追趕而來。

劉備一行狂奔到了江岸，一望江水漫漫，不禁憂煩起來。劉備束手無策，沉吟間，又聽見追兵軍馬鋪天蓋地而來，慨嘆：「今日無路可走了！」眾人一籌莫展時，忽看到江岸邊一字排開，來了拖篷船二十餘隻！趙雲大喜：「天幸有船在此！何不先上船，到了對岸再想辦法？」

劉備、孫夫人率軍士上了船，只見船中一人，綸巾道服，笑著走了出來：「主公、夫人，諸葛亮在此等

候多時了。」而船中許多作客人打扮的乘客，原來皆是荊州水軍！

不多時，蔣欽、周泰等將趕到，亂箭向江中射來，船卻已開遠了。劉備等再往前行不久，於江中聽見喊聲大振，竟是周瑜、黃蓋等親自率水軍追來。孔明指揮諸船航向北岸，然後棄船上岸而走。周瑜等亦上岸追擊。追趕之間，又一聲鼓響，山谷內一隊刀手擁出，為首一員大將，關雲長是也！周瑜驚慌失措，撥馬便走。兩軍廝殺，吳軍大敗而退。

周瑜退回船上時，只聽見岸上軍士齊聲大喊：「周郎妙計安天下，賠了夫人又折兵！」周瑜大怒，大叫一聲，倒在了船上。

劉備奪了荊州，又娶了孫夫人，孫權、周瑜難消心頭之恨，便讓魯肅再去討回荊州。魯肅自然是討不到，孔明對他說道：「西川劉璋也是漢室宗親，主公怎忍心奪取，但若不取，還了荊州，主公將何處安身？」孔明說得真切，觸動劉備衷腸，不禁放聲痛哭。魯肅是寬厚之人，心中不忍，只得說道：「劉皇叔且寬心，此事再從長計議。」

但周瑜哪裡甘心再與劉備、孔明從長計議！他又想出了一計，先派魯肅再去見劉備，並交代：「子敬見了劉備便說，當日說定，劉氏取了西川便歸還荊州，卻遲遲不去取西川，那麼我東吳起兵去取，取得西川時就作為孫夫人嫁資，那時荊州非還我東吳不可！」魯肅吃了一驚，「西川迢遠，豈是容易取得？」周瑜又好氣又好笑，「子敬真是老實人！你道我真的去取西川來送給他？我只是以此為名，東吳軍馬若要攻打西川，一定得路過荊州，那時就跟他們索要錢糧，而劉備必然出城勞軍，再乘勢殺入城中，攻他不備，奪取荊州！」原來如此！魯肅領命，再度來到荊州。

這「假途滅虢」之計卻瞞不過孔明。孔明將計就計，教劉備對周瑜的要求一概滿口承應，並對孫權表示感謝，他自有安排。

周瑜休養了多日，箭瘡漸癒，便帶領水陸大軍五萬人，往荊州浩浩蕩蕩而來。

東吳軍隊來到夏口，麋竺前來迎接，說：「我主公正在荊州城門外，等待與都督把酒。」周瑜看看江面，靜蕩蕩的，並沒有一隻軍船。一路來到荊州城下，等待他的卻不是劉備，而是趙雲。城上軍士豎起了刀槍，遙遙聽見趙雲朗聲說道：「孔明軍師已知都督假途滅虢之計，故留趙雲在此！」周瑜勒馬便回，卻見到關羽、張飛、黃忠、魏延從四路殺來，喊聲震動百餘里！周

瑜氣憤填膺，大叫一聲，箭傷復發，墜下馬來！

　　軍士們忙把周瑜救回船上。一名軍士來報：「劉備、孔明在前山頂上飲酒取樂。」周瑜咬牙切齒：「孔明啊，你道我取不得西川嗎？那麼我就真去取西川給你看！」

　　周瑜抱病調度軍馬，準備向西川前進。這時，孔明派人送了封信來，信中殷殷苦勸周瑜：「西川益州民強地險，今勞師興兵遠征，只恐曹操乘虛而至，那時好不容易奠定的江東基業恐將化為灰燼……」周瑜讀罷，只覺喪盡所有氣力，長嘆一聲，喚眾將來到跟前，說：「我並非不欲盡忠報國，奈何天命已絕，你們要善事吳侯，共成大業！」說完，昏了過去。眾人傷心呼喚，周瑜緩緩又醒了過來，說了一句：「既生瑜，何生亮？」仰天長嘆一聲，溘然辭世，得年僅有三十六歲。

三國演義

第十八章 劉備西進取益州

　　周瑜死後，孔明親自到東吳弔喪。周瑜部將皆咬牙切齒欲殺孔明，因見到趙雲帶劍相隨，才不敢輕舉妄動；直到見到孔明跪在地上親讀祭文，伏地痛哭，淚如泉湧，也都各個感傷。

　　孔明祭畢，來到江邊準備回荊州時，卻忽然被一人揪住。那人道袍竹冠，濃眉掀鼻*，黑臉短髯，樣貌十分古怪，只見他大笑一聲：「你氣死了周瑜，卻又來弔喪，分明欺東吳沒人嗎？」孔明嚇了一跳，回頭一看，原來是鳳雛先生龐統！兩人早是舊識，於是攜手登舟，暢談各自的心事。龐統曾在赤壁之戰中，親赴曹營獻連環計，有意為東吳效力，但現在周瑜已死，孔明看出孫權恐怕未必能夠重用他。臨別前，孔明留了封信給龐統，請他日後若稍不得意，可來荊州共扶劉備，他告訴龐統：「玄德寬厚仁德，必不負您平生所學。」

　　果然，雖然魯肅在孫權面前大力推薦龐統上通天文，下曉地理，往日周瑜多用其謀略，孔明亦深服其

---

*掀鼻：指鼻孔朝上。

智，但孫權一見到龐統容貌古怪，心中已無好感，再問起他才學比起周瑜如何？才高傲物的龐統笑說：「我的才學，與公瑾大不相同。」孫權平生最佩服周瑜，見龐統有輕視之意，心中大為不樂，因此便不肯重用。

龐統無奈，來到荊州，恰好孔明外出巡察未歸，劉備見他外貌醜陋，也無好感，只給了他一個耒陽縣宰的職務。直到孔明回來，笑說：「龐統不是做地方官的材料，士元胸中所學，勝亮十倍！」劉備一聽，立刻把龐統從耒陽請回來，拜為副軍師中郎將，與孔明共謀大計。

劉備想起了當年，水鏡先生曾說：「伏龍、鳳雛，兩人得一可安天下。」現在二人都在門下，心中湧起無比的勇氣與復興漢室的決心！

劉備調練軍馬，第一步，是西取益州！
益州劉璋，字季玉，是漢魯恭王之後。益州水路有錦江之隔，陸路則有劍閣連綿三十里的連山絕險；境內田肥地茂，國富民豐，在紛亂中，卻一直還能置

身局外。然而赤壁戰後，卻成了劉備、曹操都有意兼併之地；對劉備而言，若能取得益州，便可雄踞一方，足以形成與東吳、北曹三足鼎立的局面。

　　但因蜀道崎嶇，軍馬遠來勞苦，攻打並不容易，劉備先從劉璋的下屬益州別駕*張松入手。張松向來覺得劉璋無能，認為劉備才是雄才大略之君，便與好友法正一同密謀出賣劉璋，把益州獻給劉備。他除了把益州詳細地圖送給劉備，更勸說劉璋迎接劉備入蜀，以對抗來勢洶洶的曹操。

　　取西川，從當年在隆中時，就一直是孔明為劉備擘劃的藍圖，龐統更是大力勸說，認為即使劉備不取，益州遲早也將被曹操取走，那時在荊州的形勢將更為孤立。但荊州為要地，絕不可失守，於是劉備留下孔明與關、張、趙守住荊州要地，自己帶領龐統、黃忠、魏延等人出發前往益州。

　　劉備初入益州，劉璋不顧群臣反對，親自出涪城迎接。劉備一路嚴令軍士：「如有妄取百姓一物者立斬！」於是所到之處，秋毫無犯。百姓聽聞仁德的劉皇叔來到，扶老攜幼相迎，滿路焚香禮拜！

　　劉備入城，與劉璋相見，兩人各敘兄弟之情。劉備回返寨中卻陷入天人交戰。龐統獻計：「來日設宴請

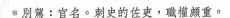

＊別駕：官名。刺史的佐吏，職權頗重。

劉璋入席，埋伏刀斧手一百人，主公可擲杯為暗號，眾人席上殺之！」同是漢室宗親，劉備說道：「此事絕不可行！」法正再進言說服，劉備仍是不從。

次日，劉備與劉璋於城中宴飲，龐統安排魏延舞劍，劉璋手下張任見魏延舞劍，便提劍上前說道：「舞劍必須成對，我願與魏延將軍對舞！」二人對舞於筵前。魏延以眼色暗示劉備所收義子劉封，劉封亦拔劍助舞，接著劉璋手下諸將也各個提劍上前。劉備急喝魏延等人退下：「我兄弟相逢痛飲，並無疑忌，又不是鴻門宴，何須舞劍？不棄劍者，立斬！」劉璋也怒斥左右：「兄弟相聚，何必帶刀帶劍？」眾人只得紛紛退下。

劉備回寨之後，斥責龐統：「你等怎可陷我於不義？」龐統眼見良機盡失，只得嘆息而退。

又一日，劉璋與劉備歡敘席間，忽有探子來報：「漢中*張魯整頓兵馬，有意來犯葭盟關。」劉璋便請劉備前往拒守。劉備慨然承諾，帶領自己的人馬向葭盟關去。劉備在葭盟關，軍法嚴明，安撫百姓，深得民心。

劉備雖不忍奪同宗基業，但孫權為了奪取荊州，

*漢中：今陝西西南部，也稱東川。

使出了離間之計，想要借劉璋之力，同時再聯絡漢中張魯出兵，讓劉備腹背受敵，回不了荊州！孫權致信劉璋說：「劉備聯絡東吳，勸說我方共取西川。」劉璋讀信後大驚，怒斬親劉備的張松，派兵在各關隘防守，下令：「不許放劉備人等一人一騎入關！」

事已至此，劉備與劉璋正式決裂。劉備手下，黃忠、魏延皆是戰將，又有龐統運籌帷幄，大軍從葭萌關進兵襲取涪水關，一路進逼雒城。

龐統心急，希望一舉得川，這時收到孔明從荊州送來的信，說道：「亮夜觀星象，凶星太白來到雒城之上，唯恐主將凶多吉少，切宜謹慎！」劉備原打算先回荊州與孔明商議，龐統尋思：「孔明是怕我取了西川，成了功，故意來信阻擋！」便對劉備說道：「統亦懂得星象，那太白星臨於雒城，正是蜀將被斬之兆！主公不可疑心，可急速進兵！」

劉備見龐統再三催促，於是率軍前進。教魏延、黃忠分兩路作先鋒，而後龐統取山南小路，劉備自己取山北大路而進。

出發前，龐統坐騎忽然發狂，把龐統給掀了下來！劉備驚訝：「將軍臨陣，為何騎這樣的劣馬？」龐統也詫異：「這馬過去不曾如此！」素來惜才的劉備便把自己的馬讓給了龐統，說道：「我所騎白馬性情溫順，軍師可騎，當萬無一失。這匹劣馬我來騎吧！」他堅持

與龐統換馬。龐統動容說道：「深感主公厚恩。雖萬死不能報！」

　　換馬之後，劉備看著龐統離去，心頭莫名沉重，想起昨夜夢見有一神人手執鐵棒揮擊他的右臂，此時隱隱還覺得臂痛，更覺憂心。

　　龐統一行人來到一處坡前，抬頭見兩山逼近，樹木叢雜，懷疑恐有埋伏，勒住馬問：「此處是什麼地名？」一名軍士回答：「落鳳坡。」龐統大驚，他的道號正是鳳雛啊！於是緊急令後軍疾退，卻只聽見一聲砲響，一時箭如蝗飛，朝向騎白馬者射來！原來蜀將張任早已埋伏，他從遠處望見龐統隊伍，料想騎白馬者必是劉備。龐統不幸死於亂箭之下，與周瑜同樣只活了三十六歲。

　　劉備在涪關，失去了龐統，變得進退兩難，希望孔明前來支援。但荊州是各方爭逐要地，絕不可失，孔明再三思慮，決定把守荊州的重任交付給關羽，自己親往益州協助劉備用兵奪川。關羽接下印信時慨然允諾：「大丈夫既領重任，除死方休！」孔明見關羽說出「死」字，心中不祥，但話已出口，只再三重申面對曹、吳的八字箴言：「北拒曹操，東和孫權。」

　　孔明帶領一萬五千軍馬，與趙雲、張飛等分路起兵，向西川而行。張飛來到巴郡，謹守孔明軍法嚴明、不得掠奪百姓的聲明，一路秋毫無犯，逕從漢川而來。

三國演義

張飛一行人來到巴郡，探子報說：「巴郡太守嚴顏乃蜀中名將。年紀雖高，精力未衰，有萬夫不敵之勇。今把守城郭，不肯投降！」

　　張飛披掛上馬，帶領數百騎來到巴郡城下叫戰。嚴顏教城上眾軍堅守不出，但對張飛百般痛罵。張飛大怒，幾番殺到吊橋，要過護城河，都被亂箭射回，一直到天晚，嚴顏手下無一人出來迎戰，張飛忍一肚子氣回到寨中。

　　第二天，張飛又帶軍去叫戰，嚴顏在城頭敵樓上，拉開弓，一箭射中張飛頭盔！張飛指著城頭大罵：「等拿住你這個匹夫，看我吃你的肉！」當晚張飛又空手而回。

　　第三天，張飛再度率軍，沿城叫罵。那城四周都是亂山，張飛見嚴顏始終堅守不戰，便登上山去，俯瞰城中，見到軍士盡皆全副武裝，埋伏城中，又見民夫來來往往，搬磚運石，相助守城。張飛回到寨中尋思：「終日叫罵，對方就是不戰，該如何是好？」猛然計上心來！張飛教軍士們暫時在寨中等候，卻另派三五十個軍士到城下叫罵，打算引嚴顏出來。

　　小兵們連罵了三天，嚴顏不為所動。張飛眉頭一皺，又生出一計，傳令教軍士在山中四下散開，砍柴劈草，尋覓路徑，卻不去挑戰。嚴顏在城中，連日見張飛沒了動靜，心中疑惑，便派十來個小兵，扮作張

飛砍柴的兵士，混進軍中。

那日，諸軍回寨，張飛坐在寨中，頓足大罵：「嚴顏這老匹夫，氣死我了！」只見帳前幾個人說道：「將軍不須焦急，這幾日已打探出一條小路，可以偷過巴郡。」張飛故意大叫：「既有這個去處，何不早來說？」眾人應道：「這幾日才打探出來的！」張飛說：「事不宜遲，今夜三更就拔寨過巴郡，須悄悄而行。我從前面開路，你等依序而行！」當下傳令下去準備拔寨。

嚴顏派出的小兵聽得這個消息，立即回到城中報與嚴顏。嚴顏大喜：「我料定這個匹夫忍耐不住！你偷小路過去，糧草補給必定在後。我截住後路，看你如何得過？」馬上傳令：「教軍士準備赴敵！三更出城，埋伏在樹木叢雜處，只等張飛過那咽喉小路！車仗來時，眾人一聽鼓響，便一起殺出！」

嚴顏傳了號令，看看近夜了，帶軍悄悄出城，四散埋伏，就等鼓響。約三更時分，遙遙望見張飛親自在前，橫矛縱馬，悄悄帶軍前進，其餘車仗人馬殿後。嚴顏看張飛已過，一個號令，擂鼓大作，四下伏兵一起殺出！當嚴顏正搶奪車仗，背後卻一聲鑼響！一路軍馬來到，為首的大喝一聲：「老賊別走！我可等到你了！」嚴顏猛回頭看，赫然竟是張飛！嚴顏驚得手足無措，四下裡鑼聲大震，張飛大軍已經殺來！張飛、

嚴顏交戰不過一回合，張飛賣個破綻，嚴顏一刀砍來，張飛閃過，卻扯住嚴顏的盔甲繫帶，一把將他生擒過來，眾軍向前，用繩索綁住了。

原來，先過去的那個是假張飛，張飛料到嚴顏擊鼓為號，卻教自家軍隊鳴金，一時鑼響喧天，諸軍齊到，殺得川兵措手不及，大半棄甲倒戈而降。張飛殺到巴郡城下，教士兵入城不可殺戮百姓，出榜安定民心。

刀斧手把嚴顏帶上廳來，張飛大喝一聲：「大將到此，為何不降？」嚴顏也回叱他：「但有斷頭將軍，沒有降將軍！」張飛大怒，對左右喝道：「斬了！」嚴顏毫無懼色：「賊匹夫，要斬便斬，發什麼怒！」張飛見嚴顏臨死聲音雄壯，面不改色，不怒反喜，轉而斥退左右，親自為嚴顏解縛，扶他上前高坐。張飛低頭拜倒，真誠的說：「剛才言語冒犯，請勿責怪。早知老將軍乃豪傑之士！」嚴顏不禁大為感動，於是投降了張飛。

從巴郡到雒城，一路都在嚴顏管轄之下，此後嚴顏領軍，一路收服，望風歸順，幾乎不曾廝殺一場。

趙雲、孔明一路也是所向皆捷。各路人馬與劉備在雒城外會合。孔明布下埋伏，輕易便活捉張任，破了雒城。再由原劉璋的部下法正引路，一路攻到綿竹。

西川劉璋在慌亂中轉向宿敵漢中張魯求救。對劉

三國演義

202

備來說，張魯本來不足為懼，可是這時張魯旗下來了一名勇將——西涼太守馬騰之子馬超。當年馬騰在獻帝衣帶密詔一事敗露後，返回西涼。曹操以提升馬騰官職為由，召馬騰入京。馬騰心知有危險，還是率領五千軍入京參見曹操，留下馬超留守西涼。馬騰原想誘騙曹操前來巡察兵營，伺機刺殺曹操，卻反被曹操重重圍困，擒捕殺害。西涼自馬騰死後勢力便沒落了，馬超輾轉來到漢中。

劉備見馬超英勇，不願正面交戰，希望能得到這名勇將。於是孔明用計，先進書給張魯，說西川事定之後，劉皇叔將保張魯為漢寧王，請他撤回馬超；又故意傳播流言，說馬超欲奪西川，自立為蜀王，不肯臣服於漢中，讓馬超進退不得；然後派辯才無礙的西川名士李恢前往，憑三寸不爛之舌說服馬超來降。李恢不但分析當時天下大勢，更抬出馬騰，說：「令尊昔年曾與劉皇叔約共討賊，您何不棄暗投明，以上報父仇，下立功名？」這話真正說進了馬超的心裡，終於使馬超決定與李恢一同回到葭萌關投降劉備。

劉備如虎添翼，在趙雲、黃忠取下綿竹之後，由馬超率軍直奔益州城下，對站在城上的劉璋喊話。馬超於馬上以鞭指著劉璋說道：「我已歸降劉皇叔，公今已無外援，請納土拜降，以免生靈塗炭！」

劉璋驚得面如土色，氣倒於城上，眾官救醒後，

劉璋眼看大勢已去，與眾官垂淚相對。

　　第二天，劉璋出城投降。劉備進入城中，百姓香花燈燭，迎門而接，已不再有任何抵抗。

　　益州平定了，孔明請劉備將劉璋送往荊州。劉備猶豫，覺得自己才得到益州，不應該狠心趕走劉璋。孔明告誡劉備，劉璋之所以失去基業，正因德政不舉又意志薄弱，「主公此時如果婦人之仁，臨事不決，此土難以長久！」劉備只得把劉璋送到南郡公安，並授予振威將軍印信，安度餘生。

　　劉備得了益州，重賞投降的文武官員，然後正式封諸葛亮為軍師，關羽為盪寇將軍漢壽亭侯，張飛為征遠將軍新亭侯，趙雲為鎮遠將軍，黃忠為征西將軍，魏延為揚武將軍，馬超為平西將軍……一班文武官員盡皆封賞；又殺牛宰羊，大犒士卒，開倉賑濟百姓，軍民大悅。諸葛軍師擬定治國條例，四十一州，分兵鎮撫。曹操、孫權、劉備各霸北、東、西方，東漢三足鼎立之勢，至此確立，這一年是建安十九年，西元214年。

三國演義

第十九章

張飛智取瓦口隘，黃忠計奪天蕩山

劉備取得益州之後，致力安定百姓。那時天下除了曹、孫、劉之外，漢中一帶則為張魯所據。曹操派兵平定了漢中，由曹洪據守。西川與東川唇齒相依，對劉備而言，漢中為曹軍所得，簡直猶如芒刺在背。

曹洪受命到漢中，派張郃引軍攻取由張飛鎮守的巴西*。張飛與原劉璋部下雷同兩路夾擊，殺退來攻的張郃，一直追趕到巖渠山。曹洪命張郃堅守，切勿急躁輕出。

第二天，張飛來到張郃寨下叫戰，張郃在山上大吹大擂飲酒，並不下山。張飛令軍士大罵，張郃仍飲酒不出。於是雷同率軍士上山，忽然，山上砲石滾滾而下，打得雷同大敗急退。

次日，張飛又去叫戰，張郃仍舊守城不戰。張飛命兵士百般穢罵，張郃也在山上辱罵回來，卻仍不肯下山。張飛無計可施，如此虛耗五十餘日，每天飲酒至醉，然後到山前張郃寨下辱罵一番。

---

*巴西：今四川閬中。

劉備派人帶物資前來巴西犒軍。使者見張飛每日痛飲，回報劉備。劉備大驚失色，忙問孔明該如何是好。孔明笑說：「原來如此！就怕前方沒有好酒，成都佳釀極多，可將好酒五十甕，以三輛車裝載，送到前方，讓張飛將軍喝個痛快。」

劉備不解：「我這個弟弟向來一喝酒便誤事，軍師為何反而送酒去給他？」

孔明笑說：「主公與翼德做了許多年兄弟，還不明白他的為人嗎？翼德一向剛強，但日前收川之時，卻能以仁義勸降嚴顏，這已經不是當日勇夫所能做到的了！今與張郃相持不下五十餘日，酒醉之後，便坐山前辱罵，旁若無人。這不是貪杯，卻是打敗張郃之計啊！」

劉備恍然大悟，說道：「即便如此，還是不可大意。可派魏延前往相助。」於是孔明令魏延押酒前往巴西，每輛車上還插著黃旗，上頭寫著「軍前公用美酒」。

魏延領酒來到巖渠山張飛寨中，傳報主公賜酒。張飛大喜，吩咐魏延、雷同各領一支人馬，分左右埋伏，一見到軍中紅旗升起，便各自進兵。同時卻教人把酒排列帳下，令軍士大張旗鼓的飲酒。

有探子將張飛新得美酒之事報上山來。張郃到山頂上觀望，只見張飛坐於帳下飲酒，還令兩名小卒相

撲戲耍，不禁大怒：「張飛不把我軍看在眼裡，真欺人太甚！」傳令下去：「今夜下山劫張飛寨！」

當夜，張郃趁著月色微明，率軍馬分三路從山邊而下，來到張飛寨前。遙望寨中燭火通明，張飛還在帳中飲酒呢！

張郃大喊一聲，山頭擂鼓齊鳴，大軍直殺入張飛帳下，卻見張飛端坐不動。張郃驟馬來到面前，一槍刺倒，卻是一個草人！張郃緊急勒馬回頭，帳後卻連聲砲響。有一將當先，攔住張郃去路，那將環眼怒睜、聲若巨雷，正是張飛！張飛挺起長矛，直取張郃。兩人大戰五十回合，張郃原指望另兩路部隊來救，誰知那兩路兵馬均被埋伏的魏延、雷同殺退。張郃見救兵不到，又見山上火起，知張飛已奪了軍寨，只得奔瓦口關而去！

張飛大勝，捷報傳回成都，眾人方知這回張飛飲酒，果真是計，只為引誘張郃下山！

張郃退守瓦口關，這時三萬軍馬已折損了二萬，派人向曹洪求救。曹洪大怒：「張郃不聽我言，強要進兵，失了緊要隘口，卻又來求救！」便不肯發兵救援。

張郃心慌，尋思如今兵力不足，只能智取，於是定下計策，吩咐軍士：「我詐敗，張飛必然來追趕，你等就截斷他的歸路！」

當日，張郃引軍前進，遇上雷同，兩方戰不過幾

回合，張郃敗走。雷同趕來，忽有兩路軍馬從左右突襲，截斷回路，張郃掉頭回來，一槍刺死雷同。

雷同手下敗軍回報張飛。張飛震驚，立即領軍前來向張郃叫戰，張郃故技重施，仍然詐敗。張飛卻不追趕，張郃又回頭來戰，不過幾回合，又敗走。張飛已知是計，便收軍回寨。

張飛回寨，與魏延討論：「張郃用埋伏計，殺了雷同，又要騙我，何不將計就計？」魏延問道：「如何將計就計？」張飛說：「我明日先領一軍前往，你卻帶一支精兵於後，等待張郃的伏兵出來，你可分兵襲擊！再用十餘乘車帶柴草前往，塞住小路，到時放火一燒，我便乘機擒住張郃，為雷同報仇！」

第二天，張飛帶兵前進，與張郃交鋒，戰到十回合，張郃又詐敗，張飛引軍追來。張郃且戰且走，先引誘張飛過山谷口，然後教後軍做前軍，回頭與張飛再戰。張郃原指望兩邊埋伏軍隊出來，可圍困張飛，沒料到兩路伏兵卻已被魏延帶領的精兵趕入谷中，並以車輛截住山路，放火燒車。山谷草木燃燒，煙霧瀰漫，尋不見路。張郃大敗，死命殺開一條路，逃回瓦口關，收拾殘兵，不再輕易出戰。

張飛、魏延連日攻打關隘不下。一日，二人帶領數十騎，來到邊哨探尋小路。忽見到男女數人，各背著小包，在山邊小路小心翼翼攀藤而走。張飛大喜，

三國演義

對魏延說道：「能不能奪瓦口關，就在這幾個百姓身上了！」忙喚軍士把那幾個百姓帶來詢問，原來從山壁小路繞過去，卻是瓦口關的背後！於是張飛吩咐魏延帶兵去張郃寨前叩關攻打，自己卻讓那幾名百姓領路，選五百輕騎兵從山壁小路進發。

張郃正為救兵不到煩悶不已，忽聽到魏延攻打至關下，正要披掛上陣，卻又聽到來人報告：「關後有四五路火起，不知何處來兵？」張郃領兵迎戰，赫然竟是張飛！

張郃大驚，急往小路退走，但馬匹無法走如此小路，張飛又追趕甚急，張郃只得棄馬上山，好不容易才逃脫，隨行逃出的僅有十幾人而已。

張郃一行人步行進入南鄭見曹洪。曹洪一看張郃手下只剩下十餘人，不禁大怒，「我當初要你堅守不出，你不聽我言，如今折盡大兵，還來做什麼！」喝令左右：「把張郃推出去斬了！」一旁的郭淮勸阻說：「三軍易得，一將難求！」這才免了張郃死罪。不過，曹洪命張郃再領五千兵前往攻打葭萌關以將功贖罪，也好讓劉備疲於調兵。

葭萌關守將孟達、霍峻知道張郃兵來，霍峻主張堅守，但孟達定要迎戰，他帶兵下關，與張郃交鋒，結果大敗而回。霍峻緊急派人向成都求援。

劉備聽到葭萌關告急的消息，請孔明、法正及諸臣商議。孔明說道：「今葭萌關緊急，必須調派翼德方可擊退張郃！」然而張飛正鎮守瓦口，法正說道：「瓦口也是緊要之地，不可妄動，可從帳中諸將內選一人去破張郃。」孔明笑說：「張郃乃是曹魏名將，非等閒之輩，除非翼德，無人可擋！」

　　帳下忽有一人高聲說道：「軍師為何輕視眾人？我雖不才，願斬張郃首級來獻！」眾人一看，卻是老將黃忠。

　　孔明不疾不徐回道：「將軍雖勇，怎奈卻已年邁，恐怕不是張郃對手！」黃忠一聽，立刻白鬚倒豎：「我黃忠雖老，兩臂尚可開三石之弓，渾身還有舉千斤之力，豈不足以敵張郃之輩！」孔明看著黃忠：「將軍年近七十，如何不老？」黃忠上前，取架上大刀，當場輪動如飛，又取下壁上硬弓，連折斷了兩張！眾人叫好。於是孔明問道：「將軍要去，那麼誰為副將？」黃忠點名：「嚴顏可與我同去！若有疏失，先斬我這白頭！」劉備大喜，便令黃忠、嚴顏兩位老將前往迎戰張郃。

　　黃忠、嚴顏帶軍來到葭萌關上，孟達、霍峻見了，心中不禁笑孔明調度無方：「這般要緊的關口，為何卻派兩個老人來？」黃忠看出二人神色，私下對嚴顏說道：「你看到諸人的表情嗎？今日定要立下奇功，以服

三國演義

眾心！」

　　兩人商議定了，黃忠先帶兵下關，與張郃對陣。張郃出馬，見了黃忠，不禁笑道：「你那麼大年紀了，不知羞恥，還要出戰嗎？」黃忠怒道：「小子敢欺我年老？我手中的寶刀可不老！」便拍馬上前，與張郃決戰。二馬交戰約二十回合，忽然背後喊聲大起，原來是嚴顏從小路抄到張郃軍後，兩軍夾攻，殺得張郃大敗而去！

　　張郃退兵九十里，黃忠、嚴顏則收兵入帳，兩方暫且按兵不動。

　　曹洪聽聞張郃又輸了一陣，唯恐再度慘敗，派遣夏侯尚、韓浩二將帶領五千兵前來助陣。

　　而黃忠、嚴顏則連日探詢攻取漢中的路徑。嚴顏說道：「此去有座天蕩山，山中乃是曹操屯積糧草之地，若能取得天蕩山，斷其糧草，則漢中可得！」黃忠便定下計策，教嚴顏依計，領一支軍隊而去。

　　這時夏侯尚、韓浩引兵叫戰，黃忠出營，力戰二將，鬥十餘回合，黃忠敗走。夏侯尚、韓浩二將追趕二十餘里，奪了黃忠營寨。黃忠又草建一個營寨。次

日，夏侯尚、韓浩追來，黃忠出戰，再度敗走。二將再趕二十里，又奪黃忠寨，並命令張郃駐守後寨。張郃提醒二人：「黃忠連退二日，其中必有詭計！」夏侯尚痛斥：「你竟如此膽怯，難怪屢戰屢敗！今日勿再多言，看我二人建功！」張郃只得羞愧退下。

次日，夏侯尚、韓浩二將又攻黃忠，黃忠再敗退二十里。如此，二將一路望風追趕，黃忠一路敗退，直退到了葭萌關上。二將叩關叫戰，黃忠仍堅守不出。

這時，孟達暗暗發書報告劉備，說：「黃忠連敗數陣，現已退在關上。」劉備慌問孔明如何是好。孔明說：「這是老將驕兵之計！」眾人均不信，劉備仍差義子劉封前往葭萌關支援。

當夜二更，黃忠出其不意，突然帶領五千軍開關直下。而夏侯尚、韓浩二將連日見黃忠閉關不出，盡皆懈怠，忽聽人馬聲起，眾軍馬根本還來不及披甲掛鞍，已被黃忠破寨直入！夏侯尚、韓浩二將各自逃命退走，麾下軍馬，自相踐踏，死者無數！直到天明，黃忠已連奪三寨。

黃忠揮軍繼續前進追攻張郃營寨，劉封進言：「軍士現已疲憊不堪，應該先讓眾人暫歇。」黃忠說道：「不入虎穴，焉得虎子？」於是所有士卒在黃忠指揮下皆努力向前，殺得張郃軍盡棄營寨直奔到漢水邊。

敗陣的張郃與夏侯尚、韓浩會合，那時天蕩山有

三國演義

214

夏侯尚之兄夏侯德鎮守，於是三將率領僅存餘兵投奔天蕩山而來。

夏侯德說道：「我此處屯兵十萬，你們可先領兵前去奪回營寨。」張郃勸諫：「此時只宜堅守，不可妄動！」忽聽到山前金鼓大振，來人報說黃忠兵到！夏侯德大笑：「老賊不懂兵法，只恃愚勇！」張郃說：「黃忠有謀，並非只有愚勇！」夏侯德說道：「川兵遠涉而來，連日疲困。更加上深入敵境，這就是無謀！」張郃仍力諫：「千萬不可輕敵，還是堅守為上！」這時韓浩上前自告奮勇：「請借精兵三千出擊，一定能退敵！」夏侯德便撥兵馬給韓浩下山應戰。

黃忠整兵迎戰，劉封又諫：「日已西沉，我軍遠來勞困，還是應先暫歇。」黃忠笑道：「不，這是天賜良機，一定要一鼓作氣！」說完，黃忠下令全軍擊鼓前進！

韓浩領兵來戰，黃忠揮刀直攻韓浩，只一回合，便砍下了韓浩的腦袋！川兵士氣大振，殺上山來。

張郃、夏侯尚引軍來迎。忽聽山後竟也喊聲大作，火光沖天而起，漫天通紅。夏侯德發兵來救火時，正遇嚴顏。嚴顏不過一刀，立刻便斬夏侯德於馬下。原來黃忠預先派遣嚴顏領軍埋伏於天蕩山幽僻之處，只等戰事一起，便來放火。

嚴顏斬了夏侯德，從山後殺來，與黃忠前後夾擊。

張郃、夏侯尚腹背受敵，只得放棄天蕩山，往定軍山投奔夏侯淵而去！

黃忠、嚴顏奪下了天蕩山，佳音飛報至成都，劉備得知捷報大喜過望，聚眾將歡喜慶賀。法正勸進說：「現在張郃新敗，天蕩失守，主公可趁此時舉兵親征漢中！」劉備、孔明也同意此舉，於是傳令趙雲、張飛為先鋒，劉備、孔明親自率兵十萬，進軍漢中！

劉備大軍來到葭萌關，召黃忠、嚴顏嘉勉，再命黃忠一鼓作氣，拿下定軍山。定軍山乃是漢中屏障，曹軍的糧草屯積之所，且有大將夏侯淵駐守，非張郃可比。黃忠慨然應允。同時孔明遣趙雲從小路出奇兵接應，派劉封、孟達各自領兵於山中險要處紛立旌旗，以壯聲勢。不久黃忠大敗曹兵、斬夏侯淵，奪下定軍山，曹操得知後，極其哀痛，決定親自統率大軍來定軍山為夏侯淵報仇！

曹操親征，屯兵於定軍山北。蜀營不敢輕敵。孔明親至漢水邊觀察地形，見漢水上游有一座小山丘，可埋伏千餘人，便吩咐趙雲帶五百軍，埋伏於山丘之下，只要聽見砲響，便擂鼓一番，但先不要出戰。

第二天，曹兵來叫戰，蜀軍按兵不出。等曹兵一退，孔明馬上下令鼓角齊鳴，讓曹兵驚慌以為劫寨，再度出營，如此一連三夜，曹兵出了又退，退了又出，疲於奔命，不得安寧。曹操心怯，拔寨退三十里，孔

明更令軍隊渡過漢水，背水紮營。兩軍再戰，蜀兵故意回頭向漢水逃，等曹兵追來，卻見孔明號旗舉起，劉備中軍領兵殺出，黃忠左邊殺來，趙雲右邊殺來，殺得曹兵大潰而逃！

曹操逃回南鄭，只見五路火起，原來魏延、張飛已分兵殺來。曹操心驚，往陽平關而走，孔明更派張飛、魏延兵分兩路去截曹操糧道；黃忠、趙雲分兩路去放火燒山，殺得曹軍大敗，奔回陽平關，蜀兵追趕至城下，在四個城門放火、擊鼓或吶喊，嚇得曹操棄關而走，直退到斜谷界口。

曹操屯兵斜谷界口一段時日，想要進兵，陽平關已有馬超拒守，毫無機會；想要退兵，又恐怕蜀軍恥笑，心中猶豫不決，愈來愈煩躁。這一天，大廚送來雞湯，曹操見碗中有雞肋，忽然有感於心。恰好夏侯惇入帳，稟問當日的夜間口號，曹操隨口便說：「雞肋！雞肋！」

帳下的行軍主簿楊修聽見口號竟是雞肋二字，便教隨行軍士收拾行裝準備歸程了！夏侯惇問楊修：「為何收拾行裝？」楊修回答：「雞肋者，食之無味，棄之可惜！今進不能勝，退恐人笑。在此無益，不如早歸！為避免臨行慌亂，因此先收拾行裝。」夏侯惇嘆口氣：「先生真是了解魏王＊啊！」也跟著讓軍士收拾行裝。曹操得知此事，大怒喚楊修來問，楊修把雞肋的心理

暗示說了出來。曹操以往就忌恨楊修總能猜中他的心思，這回煩躁之中更覺惱羞成怒，便以「惑亂軍心」之名，下令刀斧手把楊修推出去斬了！

事實上，在這之後，曹操雖因面子問題，勉強又與蜀軍周旋一陣，其實已經失去鬥志。後來被魏延射中人中，掉了兩顆門牙，曹操想起楊修之言，心中難過起來，發令厚葬楊修，而後帶著銳氣盡失的部隊班師回朝。

曹操棄走，劉備取下了漢中，安撫百姓，大賞三軍。孔明勸說劉備進位漢中王，統領荊、襄、東川、西川之地。建安二十四年七月，劉備築壇於沔陽，面南而坐，受文武百官拜賀為漢中王，封諸葛亮為軍師，總理軍國重事，封關羽、張飛、趙雲、馬超、黃忠為五虎大將，其他將領、戰士各依功勳封賞。

三國演義

*魏王：西元213年，漢獻帝冊封曹操為魏公，以冀州、并州等十郡為魏國封地；西元216年更冊封為魏王。但曹操一生並未稱帝。

第二十章 劉、關、張含恨而終

劉備進位漢中王，修表一封，派人送至許都上呈獻帝。而失去漢中、返回許都的曹操，聽見劉備竟自封為王，不禁勃然大怒，恨不能立刻再度舉兵攻討劉備！這時，曹營中漸露頭角的司馬懿發言，說江東孫權把妹妹嫁給劉備後，又趁劉備取西川時，以母親病危之名將妹妹接回；而劉備占據荊州總也不還，兩方皆有怨氣，這時可勸說孫權興兵襲取荊州，再趁劉備發兵救荊州之際，進兵攻取漢中，讓劉備首尾不能相救！曹操欣然同意。

不過東吳謹慎，並未立刻貿然行事。孫權派遣諸葛瑾去見關羽，為其子求親，希望關將軍將女兒許配其子，兩家結好。不料關羽不屑說道：「我虎女怎肯嫁犬子？」說得諸葛瑾尷尬而去。孫權得知後大怒，雙方結怨更深。孫權便打算順水推舟，鼓動曹操派曹仁從旱路南下攻打荊州，等關羽北上抵抗，東吳再從水路暗取荊州。

孔明一聽見這消息，便洞悉曹、孫各自的打算，差人送詔令給關羽，命他先發制人，率先起兵攻打與荊州交界的襄陽、樊城，出其不意，讓曹軍膽寒。

關羽一舉拿下襄陽，這時王甫提醒關羽，已讓曹兵喪膽便可以了，不宜再戰，以免東吳呂蒙乘機從南邊來奪取荊州。但志得意滿的關羽不以為意，派潘濬帶兵沿江每隔二、三十里設一烽火臺。他說：「倘使吳兵渡江，烽火臺便可點火或舉煙為號，我將親往攻擊。」王甫再諫，說：「潘濬平生多忌而好利，不可任用。可差軍前都督糧料官趙累取代，趙累為人忠誠廉潔，若用此人，烽火臺才能萬無一失！」然而關羽不肯聽勸，王甫無奈而去。

　　這時，曹操派了于禁、龐德到樊城為曹仁解危。樊城與襄陽一水之隔，關羽趁秋雨連綿，襄江之水泛漲，差人到上游堵住各處水口，等待水滿後再放水洩洪。大水一夕間從四面八方驟至，嚇得曹軍四處亂竄，隨波逐流者不計其數。關羽大勝，擒了于禁，斬了龐德，威震天下！

　　曹仁原想棄樊城而走，滿寵力諫不可，請曹仁耐住性子等待水退之日，滿寵說道：「今若棄城而去，則黃河以南皆被劉、關拿去，千萬須固守樊城這最後的防線！」曹仁聽從了他的諫言，竭力固守城池。關羽在敵樓前叫戰時，曹仁召集五百名弓弩手一起放箭，關羽雖緊急勒馬撤退，右臂仍中了一箭！

　　那箭頭餵有毒藥，直透入骨，眾將請來了神醫華佗。華佗沉吟一番，要關羽找一個柱子，「在上頭釘個

三國演義

大環，把手臂穿過環中，以繩子繫住，然後用棉被蒙住頭，我將以尖刀割開皮肉至骨，刮去骨上的箭毒，再用藥敷上，以線縫合傷口，才能夠根本醫治。但恐怕先生您會害怕……」關羽愈聽愈好笑，說了半天就是要切開皮肉、刮骨去毒的意思，還找什麼柱子、釘什麼大環！「如此容易，何用柱環！」便令左右設宴款待。

關羽幾杯酒下肚之後，一面與人下棋，一面伸出手臂讓華佗動刀。華佗取出尖刀，令一名小兵捧個盆子在手臂下接血。華佗下刀，割開了皮肉，看見骨上已經發青，他用刀刮去骨上藥毒，還發出塞塞窣窣的聲音！周圍人等全嚇得掩面失色，關羽照樣飲酒吃肉、談笑下棋，毫無痛苦之色！

不久，血流滿盆，華佗已把骨上毒素刮除乾淨，以線縫好，敷上了藥。關羽笑著站起來說：「這手臂伸展感覺跟從前沒兩樣，也不痛了！先生真是神醫！」華佗才真覺得匪夷所思：「我行醫一生，從未見過如此病人，君侯真是天神啊！」

關羽雖已逼退曹軍，但與東吳結下的仇恨卻有增無減。孫權對於荊州未還始終耿耿於懷，尤其痛恨關羽的傲慢。呂蒙與陸遜設計，故意撤去朝向荊州的兵力，並放出風聲，說呂蒙病危，誘使關羽輕敵。

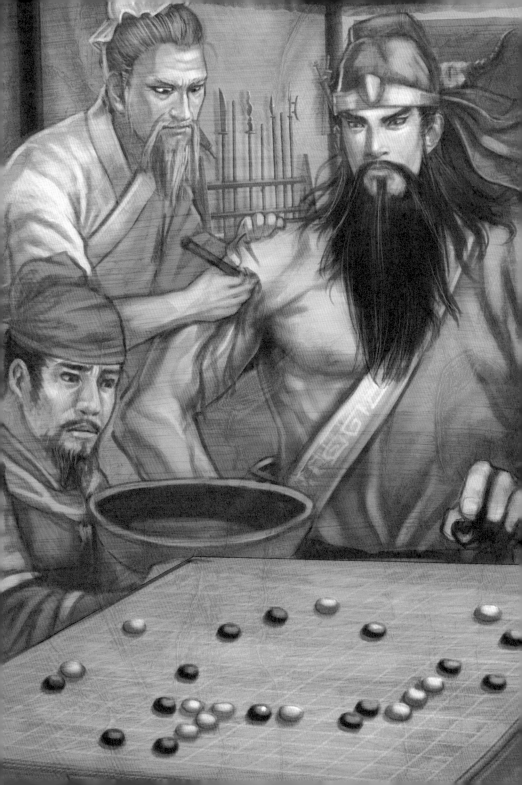

關羽聽到江東陸口的呂蒙病危，由年輕的陸遜代呂蒙留守，果然仰面大笑，撤去了荊州大半兵力，把主要兵力朝向北方防守。

於是呂蒙點精兵三萬，快船八十隻，偽裝成商船直抵潯陽江北岸，向江邊烽火臺的守軍大送財物，說是躲避風浪，請求靠岸停泊，守軍輕易便相信了。等到二更時分，船中精兵上岸，將烽火臺上軍官縛倒，大軍長驅直入，攻占了荊州，只剩下公安由糜芳、傅士仁守住。孫權派虞翻前往公安遊說糜、傅二人投降。糜芳猶豫，傅士仁反勸道：「不是我等不忠，實在勢危力困，已經不能撐持下去了！」

而此時正在襄陽力攻樊城的關羽尚不知荊州已被突襲，遣使到公安，對糜芳、傅士仁二將說道：「前方缺糧，特來取白米十萬擔，令二位將軍連夜送去，如遲，立斬！」糜芳不知所措，荊州大部分地區都已被東吳占領，這糧怎麼送得過去？傅士仁原就有意投降東吳，事已至此，他心一橫，拔劍斬了來使，並且勸說糜芳一同降了東吳。

關羽猶在前方與曹軍徐晃奮戰，他雖武藝絕倫，不過右臂新傷未癒，膂力大不如前。他大戰八十餘回合，先鳴兵收金，撥馬回寨。但樊城的曹仁知道救兵已到，突然又殺出城來，殺得關兵大亂。這時流星馬來報，說荊州已被呂蒙所奪，關羽大驚，帶兵前往公

223

安。忽然探馬又報公安傅士仁殺了使者，且招了糜芳一起投降東吳去了！關羽驚怒交集，這時已進退無路，決心率兵攻回荊州！

呂蒙得了荊州後，並不殺戮百姓，反而極力安撫失陷官兵的家小。而關羽的軍隊多為荊州兵，根本無心戀戰，甚至有逃回荊州者。這時東吳派出蔣欽、韓當、周泰分三路夾攻關羽。關羽被多路人馬追殺，到最後跟隨者只餘三百多人，一路來到麥城，內無糧草，外無救兵。東吳再度派遣諸葛瑾來勸降，關羽正色說道：「我蒙主公以手足相待，怎肯背義投降敵國？城若破，唯有死而已。玉可碎，不可改其白；竹可焚，不可毀其節！先生請出城，我與孫權決一死戰，絕不投降！」

關羽終於因坐騎被埋伏絆倒而被東吳潘璋部將馬忠所獲。關平知道關羽被擒，火速率兵來救，孤身奮戰，最終也力盡被俘。建安二十四年，冬十月，關羽、關平父子拒絕了孫權的勸降，先後遇害。關羽時年五十八歲。

劉備在夢中，見義弟雲長立於燈下，哀泣說：「願兄起兵，以雪弟恨！」說罷，一陣冷風，劉備驚醒了過來，只覺心驚肉跳，急忙差人打聽荊州情況。

荊州信使陸續來報，一會兒說荊州已失，糜芳、傅士仁投降；一會兒奏關羽兵敗求救。直到將近天明

三國演義

時，信使來報：「關羽父子已為吳將所獲，義不屈節，父子歸神！」劉備聽罷，大叫一聲，昏倒於地！眾官救醒後，劉備仍一次次哭倒，連著三天不吃不喝，只是痛哭。孔明、眾官再三勸解，劉備稍微鎮定，咬牙切齒說道：「我與東吳，誓不同日月！」

話說東吳殺了關羽之後，呂蒙竟忽然暴斃而死，人人傳說是關公顯靈，孫權也感到後悔。張昭知道此事，更是氣急敗壞責備孫權行事莽撞：「主公殺了關羽父子，江東大禍來了！這下劉備勢必傾兵復仇，該如何是好？」張昭建議把關羽首級轉送給曹操，讓劉備以為殺關羽是曹操所指使。

而曹操收到關羽首級，立刻看出是東吳嫁禍之計，且曹操一向敬服關羽，更有當年華容道不殺的恩義，便命人為關羽的首級雕刻一個香木身軀，並在洛陽葬以王侯之禮。但即使如此，曹操每晚闔眼便見到關羽，變得神經衰弱，尤其頭痛的宿疾變本加厲，御史大夫華歆為他找來神醫華佗診治。

華佗診斷後說：「大王的病根在腦袋中，腦中風涎不出，湯藥不能治，唯一的辦法，先飲麻肺湯，然後用利斧砍開腦袋，取出風涎，方可根除。」曹操聽見居然要剖開他的腦袋，勃然大怒！華佗解釋當日也曾為關羽刮骨療傷。曹操說：「臂痛可刮，腦袋安可

破？」懷疑華陀根本是要乘機殺他，就像當年的吉平，不懷好意，便下令把華佗拿下。不多久，一代神醫華佗，不幸死於獄中。

華佗死後，曹操日益病重，一夜，睡至三更，只覺頭昏目眩，恍惚間，忽聞殿中巨大聲響，張眼一望，見伏皇后、董貴妃、董承等二十餘人，渾身血汗，立在一朵愁雲之上，隱隱發出索命之聲。曹操拔劍望空砍去，忽然一聲巨響，震塌了殿宇西南一角。曹操驚倒於地，近侍急忙扶起。第三天，曹操便失去視力，自此每日聽見鬼哭神號，一病不起。

這一天，曹操召來賈詡、司馬懿等重臣，淚如雨下，說自己得罪老天，天命已盡，立長子曹丕繼承父業，託付諸臣輔佐。曹操囑咐完，長嘆一聲，氣絕而死，年壽六十六歲。

建安二十五年，春正月，曹丕繼位為魏王，他的性格較曹操更多疑，不但將才華出眾的弟弟曹植貶為安鄉侯，逐出京城，對獻帝的威逼，更甚於其父；但另一方面，他大肆封賞文武官僚，收買人

心。

八月間，由中郎將李伏、太史丞許芝發起，一班文武官僚四十餘人直入內殿，奏請獻帝禪位於魏王曹丕。獻帝聞奏大驚，半晌說不出話來。獻帝凝視眼前這些官員，掉下眼淚：「朕想當年高祖提三尺劍斬蛇起義，平秦滅楚，創造大漢基業，世統相傳四百年！朕雖不才，並無罪惡，怎忍心將祖宗大業斷送？請各位再從公計議！」他與群臣辯駁一番，含淚回到後殿。

第二天，群臣直入內殿，再逼獻帝退位，掌管玉璽的符寶郎祖弼痛斥咄咄逼人的王朗、華歆、曹洪等官，曹洪卻喝令武士：「把祖弼推出斬了！」祖弼大罵不絕口而死。獻帝顫慄不已，只見階下披甲持戈數百人，皆是魏兵，終於黯然流淚說：「朕願將天下禪與魏王。」

華歆教獻帝築受禪臺，擇吉日良辰，請魏王曹丕登臺受禪，改年號為黃初元年，國號大魏。魏帝曹丕立即傳旨，大赦天下，封退位的獻帝為山陽公，父親曹操為太祖武皇帝。曹操征戰一生，威震天下，還不敢篡奪帝位，大漢天下卻結束於才剛登王位的曹丕之手。

曹丕篡位的消息早有人報到成都，且傳言獻帝已經遇害，劉備聞知，痛哭終日，下令百官掛孝，遙望

設祭。接二連三關羽之死及獻帝遇害的消息，令劉備憂憤成疾，不能理事，所有政務皆託與孔明。

　　孔明則與百官商議，天下不可一日無君，發起尊漢中王為帝，一來也是要轉移劉備對關羽之死的悲慟。劉備勃然變色，說自己豈能做出逆賊的行為？孔明索性稱自己憂心成病，逼誘劉備當仁不讓，使漢朝大統得以延續。於是建安二十六年，眾官築臺於成都，劉備登臺致祭，受皇帝璽綬，延續漢嗣，改元章武元年，立吳妃為皇后，劉禪為太子，封諸葛亮為丞相。

　　沒想到，才剛即位，劉備立刻下詔要起兵攻伐東吳，生擒逆賊，以雪關羽被東吳所害之恨！孔明、趙雲等諸臣極力勸諫切不可以私害公，劉備悲憤說道：「朕自桃園與關、張結義，誓同生死！孫權害了朕弟，不為弟報仇，雖有萬里江山，又有何用？」劉備決心起兵，先差使前往閬中，遷張飛為車騎將軍，封西鄉侯。

　　卻說在閬中的張飛，自從聞知雲長被害，也是早晚痛哭，諸將以酒勸解，誰知他酒醉後更是怒氣沖天！帳上帳下，動輒得咎，更有士卒犯錯而被鞭打至死。張飛每日望著南方咬牙切齒，放聲痛哭。這一天接到來使封爵，張飛忙問來使：「我兄關羽被害，仇深似海，廟堂之臣為何不發兵攻吳？」來使答道：「諸臣多

勸先滅魏，後伐東吳。」張飛怒道：「我三人桃園結義，誓同生死，今不幸二哥被害，我怎能獨享富貴？我當面見天子，願為前部先鋒，生擒逆賊，為我二哥報仇！」說罷，便啟程與使者一同往成都而來。

　　劉備、張飛相見，激動的抱頭痛哭，張飛哭道：「陛下今日為君，早忘了桃園之誓！二哥之仇，為何不報？」劉備說：「因有多官勸阻，未敢輕舉妄動。」張飛說道：「他人豈知我們昔日之盟？若陛下不去，臣捨此軀去為二哥報仇！」劉備當即決定：「朕與卿同往！」命令張飛回去率兵從閬中出發，兩人於江州會合，共伐東吳。

　　張飛回到閬中，下令軍中：「限三日內置辦白旗白甲，三軍掛孝伐吳！」

　　第二天，帳下末將范疆、張達回報，說白旗白甲一時籌措不及，須寬限時日才可。張飛大怒：「我急欲報仇，恨不能明日便到逆賊之境，你們竟敢違我將令！」喝叱武士將二人綁在樹上，各鞭背五十！鞭打完，指著二人說：「明日若未準備齊全，殺你二人示眾！」

范疆、張達被打得滿口出血，回到營中。范疆無奈說：「今日受了刑責，明日又如何能辦得齊全？此人性暴如火，若到明日未能完成，你我都要被殺了。」張達說：「與其他殺我，不如我殺他！」但要想殺張飛，除非他醉酒不醒！張達說：「如果我倆命不該絕，那麼今晚他必定醉臥床上！若我倆果真該死，那麼他今晚便不醉！」

那晚，張飛在帳中神思昏亂，問部將說：「我今日心驚肉顫，坐臥不安，不知是何緣故？」部將答道：「一定是因為君侯太思念關將軍了！」張飛便命人拿酒來，與部將同飲至大醉，睡臥於帳中。

初更時分，范疆、張達各藏短刀進入帳中，對士卒說有機密稟報，來到張飛床前。但范、張見到張飛鬚豎目張，緊張得不敢動手，原來張飛異於常人，睡覺並不闔眼。兩人靠近窺探，聽見他鼾聲如雷，確定他果真熟睡了，便以短刀刺入張飛腹部。張飛大叫一聲，慘死於床上，時年五十五歲。

范疆、張達當夜割了張飛首級，與數十人連夜投奔東吳。

那時劉備已擇期準備出師，孔明、趙雲、秦宓諸官苦諫皆不為所動，當聽到張飛凶信，劉備更是放聲大哭。連續兩個義弟死於非命，劉備再也無法等待，下詔命吳班為先鋒，由張苞、關興護駕，水陸並進，

船騎雙行，浩浩蕩蕩殺奔吳國。

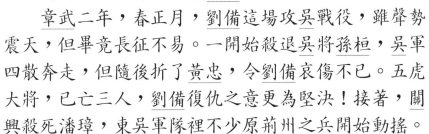

　　章武二年，春正月，劉備這場攻吳戰役，雖聲勢震天，但畢竟長征不易。一開始殺退吳將孫桓，吳軍四散奔走，但隨後折了黃忠，令劉備哀傷不已。五虎大將，已亡三人，劉備復仇之意更為堅決！接著，關興殺死潘璋，東吳軍隊裡不少原荊州之兵開始動搖。

　　麋芳、傅士仁眼看軍心變動，他們想劉備所恨的是殺關羽的馬忠，便決定刺殺馬忠，到蜀營求見劉備，獻上馬忠首級以便將功贖罪。麋芳、傅士仁哭道：「當時為情勢所迫，臣等實無反心。今聞聖駕來，特殺此賊，以雪陛下之恨，乞陛下恕罪！」劉備毫不領情，先令關興在營中設關公靈位，親捧馬忠首級祭祀，又命關興將麋芳、傅士仁剝去衣服，跪於靈前，親自用刀剮之，以祭關公！

　　關公之仇已報，劉備威聲大振，江南之人盡皆膽裂。孫權心怯，命人擒范疆、張達二人，加上張飛首級，遣使送到蜀營以謝罪，並承諾將送還荊州及孫夫人以求和。

　　劉備同樣令張苞於營中設張飛靈位，讓張苞自持利刀，將范疆、張達二人萬剮凌遲而死，以祭張飛之靈！

　　祭畢關、張，劉備猶怒氣不息，不消滅東吳，誓不罷休！諸臣極力勸諫說仇人已戮，其恨已雪，且東

吳同意還荊州、送回孫夫人，理應永結盟好，共圖滅魏才是。然而劉備難息心頭之恨，絕不講和！

孫權被逼至絕路，決定奮力一搏，請出當日破關羽的功臣陸遜，調度軍馬，全力反擊！陸遜年紀雖輕，卻深有謀略，且上下齊心，一戰下來，出乎眾人意料，竟大獲全勝。

章武二年夏六月，東吳大破蜀軍，劉備奔回白帝城，幸有趙雲帶兵據守，東吳軍隊才不敢乘勝追擊。

劉備懊悔當日若早聽丞相之言，不致有今日兵敗！他無顏回到成都面見群臣，便傳旨於白帝城駐紮，改館驛為永安宮。

劉備從此意氣消沉，加上思念關、張二弟，以致染病不起，到章武三年夏四月，他自知病入膏肓，不久於人世，便遣使到成都請丞相諸葛亮、尚書令李嚴等星夜來永安宮，聽受遺命。太子劉禪則留守成都。

孔明來到永安宮，見劉備病危，拜伏於龍榻之下。劉備請孔明坐在身邊，拍撫他的背說道：「朕自得丞相，而成帝業，無奈此番不聽丞相之言起兵攻伐，自取其敗。現悔恨成疾，死在旦夕！」說著淚流滿面，劉備一手掩淚，一手握住孔明的手說：「朕今將死，有心腹之言相告。」

接著，他含淚說道：「君才十倍於曹丕，必能安邦定國。若嗣子可輔，則輔佐之；如他不才，君可自為

三國演義

成都之王！」

　　孔明聽罷，不禁汗流遍體，手足無措，泣拜於地說道：「臣怎敢不竭肱股之力，效忠貞之節？」說完，更叩頭至流血。

　　劉備一一對眾臣交代輔佐丞相，接著，眼光望見了趙雲，他更是感慨：「朕與卿於患難之中，相隨到今。不想於此地分別。卿念在與朕故交，請看顧吾子，勿負朕言！」　趙雲慌忙拜倒：「臣怎敢不效犬馬之勞！」

　　劉備對眾官一一分囑完畢，駕崩，壽六十三歲。

　　孔明率眾官奉皇帝靈柩回到成都。太子劉禪即皇帝位，改元建興（西元 223 年），諡先主劉備為昭烈皇帝，加諸葛亮為武鄉侯，並陞賞群臣，大赦天下。

三
國
演
義

孔明北伐功敗垂成，司馬炎一統天下

　　劉備一死，曹丕大喜，準備大舉進兵，乘虛而入。但賈詡諫言，說劉備必定託孤於孔明，而孔明感劉備知遇之恩，一定竭力輔佐，千萬不可躁進。這時卻有一人從百官中朗聲說道：「不趁此時進兵，更待何時？」

　　此人就是後來長期與孔明纏鬥的司馬懿。他獻計用五路大兵，四面夾攻，令孔明首尾不能接應。

　　於是曹丕修書差使遼西羌兵十萬，從旱路攻西平關；遣南蠻孟獲起兵十萬，攻益州、永昌等西川之南；再遣使與東吳修好，許諾割地，命孫權起兵十萬，攻兩川峽口，逕取涪城；遣孟達起兵十萬，西攻漢中；然後命曹真提兵十萬，由京城逕出陽平關取西川。大軍五十萬，分五路並進，浩浩蕩蕩攻打蜀漢！

　　蜀漢眾官與後主劉禪驚慌失措，後主急忙宣孔明入朝。去了半天，來人卻說孔明染病，等病體稍癒再出都堂議事。

　　丞相一連三天推病不出，眾官惶惶，太后亦大驚，「丞相何故如此？實有負先帝的委託！」到第四天，

後主忍不住駕車親至相府，卻見孔明獨倚竹杖，在小池邊觀魚。後主問道：「曹丕分兵五路來犯，相父為何不肯出府視事？」孔明說：「五路兵至，臣怎會不知？臣非觀魚，是有所思！」

原來孔明對每一路兵都已祕密調遣處理，因不經過成都，故無人知覺，且因不可先行洩漏，所以稱病於相府。西平關已命馬超埋伏四路軍緊守，羌人一向敬馬超為「神威天將軍」，不必憂慮；南蠻孟獲，已遣魏延領軍，以左出右入，右出左入的疑兵之計對付只有勇力的蠻兵；孟達與李嚴曾結生死之交，已請李嚴送書信致孟達勸說退兵，孟達必定推病不出兵；曹真犯陽平關，此地險峻，已調派趙雲把守，此路也不足憂。這四路兵，皆不足為慮，只有東吳一路兵，還在尋覓可說服退兵的辯士，十分躊躇。

原來五路兵已退去四路，後主這才如夢初覺！孔明送後主出府，見眾官焦急環立於門外，只有一人仰天而笑，乃是戶部尚書鄧芝。孔明留下鄧芝，暢談天

三國演義

下局勢，認為此人足以信任，於是遣鄧芝赴東吳，說動孫權，捐棄關羽之死結下的仇隙，重修舊好。鄧芝果然不負期望，說服吳國與蜀漢聯合對抗魏國，共為脣齒。

曹丕的五路兵退去，蜀漢形勢鞏固，孔明盡心輔佐後主治理蜀國，諸事皆親自從公決斷，兩川之民欣樂太平，夜不閉戶，路不拾遺，且連年穀物豐收，米滿倉儲，財盈府庫。

蜀漢建興三年，南蠻孟獲起兵十萬來犯，孔明親自領軍征討。後主不願孔明遠離，朝中大臣也紛紛勸阻，說南方是瘴癘之地，丞相不宜親往，只要派大將征討即可。但孔明認為南蠻不服，即使暫時戰勝了，仍為國家大患，唯有恩威並施使之心悅誠服，才是長久之計，但剛柔之間的拿捏斟酌，卻不能輕易託人。

孔明辭別了後主，帶蔣琬、費禕、趙雲、魏延等起兵共五十萬，浩浩蕩蕩向益州南方進發。

孔明將士用命，六次生擒孟獲，每一次皆親自為他解縛，給與鞍馬，任他回寨。旁人不解，孔明只笑說：「我擒此人如囊中取物，但須降服其心，才是真正平定！」

到第七次的盤蛇谷之戰，把南蠻的三萬藤甲軍盡燒於谷中，這一仗十分慘烈，孔明亦垂淚感傷，說自

237

己「雖有功於社稷，必定損壽啊」！這回再度將孟獲活捉，但孔明只令左右為孟獲解縛，賜與酒食，不願進帳，並遣人告訴孟獲：「此戰悲慘，丞相羞愧，不與公相見，特令我來放公回去，再招人馬來決勝負吧！」這一回，孟獲也不禁垂淚感動了，他說：「七擒七縱，自古未嘗有也！我雖化外之人，也知道禮義廉恥。」

孟獲率兄弟、妻子、宗黨人等，匍匐跪於孔明帳下，肉袒謝罪，誓言南人子子孫孫永不再造反！孔明設宴慶賀，命孟獲永為洞主，蜀軍所奪之地，全部歸還。孟獲宗黨及諸南蠻兵無不感謝。

蜀軍離開前，費禕問孔明何不在此地置官吏與孟獲一同統治？但孔明認為此地文化不同，外人難以治理，反而破壞了南人的信任，不如讓他們獨立自治，倒能相安無事，眾人盡服。南方百姓感念孔明恩德，甚至為孔明立生祠，四時祭享，且呼孔明為「慈父」，誓不再反。

蜀漢建興四年（西元 226 年），曹丕在位第七年，夏五月，曹丕染寒疾，醫藥不治，立甄夫人之子曹叡繼位。

孔明聞訊感到機不可失，這時南方已定，無後顧之憂，便決意起兵討伐，寫下流傳千古的出師表，殷殷告誡後主要「親賢臣，遠小人」，自己將「獎帥三

軍，北定中原……」

這次北伐，雖有趙雲寶刀未老，力斬五將，孔明用計，智取三城，終因曹叡重新起用了在曹丕死後被削職回鄉、遠放西涼的司馬懿，加上蜀軍馬謖剛愎自用，不納諫言而失了重要的漢中咽喉之地街亭，以致無功而返。

蜀漢建興六年秋九月，國家兵精馬壯，糧草豐足，孔明正計劃再度出師北伐，設宴大會諸將，忽一陣大風自東北方揚起，把庭前的松樹折斷了。孔明感到不祥，卜了一卦，對諸將說：「此風主損一員大將。」諸將將信將疑，飲酒間，忽然趙雲長子趙統、次子趙廣來見丞相。孔明大驚說：「子龍休矣！」果然二子入見，拜哭說父親昨夜三更病重而死。孔明跌足而哭：「子龍身故，國家損一棟梁，去我一臂啊！」趙子龍一生忠肝義膽，性情又最是平和沉穩，眾將無不流淚。後主聞喪更是放聲大哭，想起當時年幼，若非子龍，自己早已死於亂軍之中！隨即下詔，追贈大將軍，諡順平侯，葬於成都錦屏山之東，並建立廟堂祭祀。

不久，孔明再上表誓言出師伐魏，後世稱為後出師表。孔明這次出征，雖氣勢如虹，大破魏軍，卻因糧草接應不及，當魏軍採取拖字訣，堅守不戰，蜀軍終因糧盡而退。

第三次出征，再度與司馬懿拉鋸，卻在前線聞知

張苞病歿，昔日戰友一一自人生戰場上離開，孔明痛哭失聲，竟至口吐鮮血，昏絕於地，救起之後便臥床不起。

　　孔明病況沉重，已不能理事，更別說帶兵作戰了，只得先退回漢中養病，日後再圖。為避免司馬懿背後追擊，孔明傳令當夜暗暗拔營。蜀軍去了五日，司馬懿方才得知，不禁長嘆：「孔明真有神出鬼沒之計，我不能及啊！」

　　孔明病癒後，仍一心北伐，他還研發兵器，改良弓弩成可連續射擊的「連弩」，設計「木牛流馬」以搬運糧草，前後六出祁山，北伐曹魏；但蜀漢雖然偏安一隅，物富民豐，北伐之事卻是功敗垂成。在最後一役，建興十二年，孔明遣馬岱埋伏，派魏延誘敵，將司馬懿與司馬師、司馬昭父子三人困於葫蘆谷，山上火箭射下，地雷齊出，火勢沖天，司馬父子三人抱頭痛哭，眼看就要被活活燒死，卻忽然狂風大作，黑氣漫天！一聲霹靂響處，驟雨傾盆，滿谷之火，霎時盡皆澆滅，讓司馬懿父子得以衝殺逃脫。

　　之後，司馬懿面對孔明的攻勢、挑釁，便採取堅守不出的策略。而孔明內政、軍事皆事必躬親，形疲神困，終於病重不起，交代完退軍之計及對後主的遺表，建興十二年秋八月二十三日，命喪於五丈原，時年五十四歲，當真如他後出師表中所說：「鞠躬盡瘁，

死而後已！」

　　孔明死後，深受孔明信賴的大將姜維接續遺志，持續與魏周旋。魏在曹叡死後，曹芳繼位，國家大政由司馬懿父子把持。

　　而東吳孫權則在建興七年，諸葛亮第三次北伐時登基為帝，建國號大吳。西元252年，孫權七十一歲病歿，較曹操、劉備皆為長壽，東吳由孫亮承繼帝位。*

　　魏曹丕逼獻帝退位，自立為帝，然而傳位僅三代，到曹芳時，與當年獻帝落入同樣的悲劇命運。

　　司馬懿死後，司馬師、司馬昭專權，視曹芳如無物，曹芳寫血詔召集夏侯玄等魏臣來京討賊，密詔被司馬師截獲，曹芳被廢，另立曹丕之孫曹髦為帝。當時曹髦年僅十二歲。

　　待曹髦年歲漸長，魏甘露五年（西元260年），那時司馬師已因眼瘤，雙眼迸出而死，大權由司馬昭掌握。一日，曹髦作潛龍詩，以龍「蟠居於井底，鰍鱔舞其前，藏牙伏爪甲」暗喻司馬昭覬覦帝位之心。司馬昭大怒，讓黨羽成濟殺天子曹髦。司馬昭見曹髦已死，還佯裝大驚，痛哭失聲，並且滅了成濟三族，而後立曹操的曾孫曹奐為帝，改元景元元年。

　　這時，魏將鄧艾長期與蜀漢姜維作戰僵持。姜維統兵在祁山，不幸後主沉迷酒色，且聽信黃皓讒言，

三國演義

說姜維屢戰無功，讓閻宇取代他，一天之內下了三道詔令，宣姜維班師回朝。姜維回到成都後眼看勸諫後主不成，無奈的自請到隴西沓中屯田。魏國看到心腹之患姜維一除，西元263年，分三路兵來攻蜀漢，後主不得已求救於武侯*之子諸葛瞻。

　　諸葛瞻因為黃皓弄權早已託病引退，但想到母親臨終前以忠孝二字遺教勸勉，諸葛瞻雖無乃父的時運與智慧，卻有乃父的忠義，他領命與年僅十九歲的長子諸葛尚迎戰魏兵做最後一搏，父子雙雙死於軍中。鄧艾憐憫諸葛父子的忠烈，親自為諸葛父子合葬。

　　最後魏軍兵臨城下，後主豎立降旗，率領太子、諸臣雙手綑於身後，車載棺柩，出北門十里投降。七位皇子中僅五子劉諶不願屈膝，先殺妻、子，而後自刎。劉禪降魏後被送至洛陽，封為安樂公。

　　統一蜀漢不久，司馬昭受封晉王，卻忽然中風病危，立司馬炎繼承王位。

　　司馬炎學當年曹丕，依樣畫葫蘆逼迫曹奐築受禪臺，西元266年12月，曹奐親捧傳國璽，請司馬炎登臺，曹魏共五位皇帝，在位僅四十五年。司馬炎即皇帝位，建立晉朝，改國號為太始元年，大赦天下，並

---

*孫權死後，東吳陷入混亂的局面，孫亮在位僅六年即被廢黜，由孫休登基。
　孫休在位六年病殁，孫皓繼承帝位，為東吳的最後一位君主。

*武侯：即孔明。

追諡司馬懿為宣帝、伯父司馬師為景帝、父親司馬昭為文帝。

接著，司馬炎便興兵伐吳。那時東吳孫皓不但耽溺酒色，且性情凶暴，朝中賢人動輒得咎。他發明的酷刑，有的可剝人面皮，有的專門鑿人眼目，百官無不恐懼，有識者紛紛隱退避禍。

孫皓荒淫無道的種種行徑，傳到晉國君臣耳裡，益州王濬上疏司馬炎，請求伐吳。司馬炎認為時機已經成熟，便命杜預、王戎、王濬、楊濟等將軍分路出兵，水陸並進伐吳。吳國軍民早已沒有當年孫權、周瑜時代的鬥志，四散敗走，甚至不戰而降。晉軍攻無不克，直搗京城。

西元 280 年 3 月，孫皓投降，吳國滅亡，自從黃巾之亂以來的分裂局勢，至此在司馬炎手中獲得了統一。而三國時代種種風流人物，或忠或奸，或智或愚，皆隨那一整個時代的結束而如浪花淘盡，都付笑談中了！

三國演義

三國演義——不以成敗論英雄

看完快意恩仇、精采刺激的三國故事，你一定也覺得熱血沸騰吧？現在換你大展身手的時刻到囉！

1.曹操曾說天下英雄只有自己與劉備二人而已。對你而言，《三國演義》的哪個角色最符合你心目中的英雄形象呢？為什麼？

_____

_____

_____

_____

2.如果你活在三國時代，會效忠魏、蜀、吳中的哪個陣營？你的理由是什麼？

_____

_____

_____

3.三國亂世，各路英豪紛紛投靠心目中的明主，你知道他們各自屬於哪一個陣營嗎？快來找找看吧！

黃　忠·

曹　仁·

黃　蓋·

趙子龍·

魯　肅·

夏侯惇·

楊　修·

張　郃·

馬　超·

·張　昭

·孔　明

·魏　延

·周　瑜

·呂　蒙

·郭　嘉

·張　飛

·諸葛瑾

·荀　攸

在經典故事中成長

有圖、有料、有意思

唐三藏西天取經、魯智深大鬧桃花村、

諸葛亮草船借箭、牛郎織女鵲橋相見……

過去，我們讀這些故事長大

現在，我們讓這些故事陪孩子一起長大

豐富的文化應該被傳承，傳統的經典需要有新意

小說新賞，讓經典再現──

🍶 導讀簡明，掌握故事緣起
🍶 內容生動，融合古典新意
🍶 插圖精美，呈現具體情境
🍶 經典新編，富含文學性質

一生不可不讀的三十本經典

兒童文學叢書

在沒有主色，沒有英雄的年代
為孩子建立正確的方向
這是最佳的選擇

一套十二本，介紹十二位「影響世界的人」，看：

釋迦牟尼、耶穌、穆罕默德如何影響世界的信仰？

孔子、亞里斯多德、許懷哲如何影響世界的思想？

牛頓、居禮夫人、愛因斯坦如何影響世界的科學發展？

貝爾便利多少人對愛的傳遞？

孟德爾引起多少人對生命的解讀？

馬可波羅激發多少人對世界的探索？

他們曾是影響世界的人，

而您的孩子將是——

未來影響世界的人

國家圖書館出版品預行編目資料

三國演義／宇文正編寫;練任繪.－－初版四刷.－－
臺北市: 三民，2022
　　面；　　公分.－－（兒童文學叢書／小說新賞）

　　ISBN 978-957-14-5746-8　（平裝）

859.6　　　　　　　　　　　　101023621

Ⓓ小說 新 賞

三國演義

編 寫 者	宇文正
繪　　者	練　任

發 行 人	劉振強
出 版 者	三民書局股份有限公司
地　　址	臺北市復興北路 386 號 (復北門市)
	臺北市重慶南路一段 61 號 (重南門市)
電　　話	(02)25006600
網　　址	三民網路書店 https://www.sanmin.com.tw

出版日期	初版一刷 2013 年 4 月
	初版四刷 2022 年 5 月
書籍編號	S857610
I S B N	978-957-14-5746-8

三民書局